Frauen-Gefühle im Chaos

Silvia Kaufer

Bibliografische Information der Deutschen Nationalbibliothek

Die Deutsche Nationalbibliothek verzeichnet diese Publikation in der Deutschen Nationalbibliografie; detaillierte bibliografische Daten sind im Internet über www.dnb.de abrufbar.

Impressum:

Ideen und Texte: Silvia Kaufer
Bildliche Gestaltung: Silvia Kaufer
Umschlagsgestaltung: Silvia Kaufer
Bildquelle: Fotolia
Herstellung und Verlag: BoD – Books on Demand, Norderstedt
ISBN: 9783752888201

Ähnlichkeiten von Romanfiguren mit real existierenden Personen sind rein zufällig.

Auflage:
1. überarbeitete Neuauflage 2018

Frauen-Gefühle im Chaos

Erotischer Liebesroman

Kapitel 1

„Diese Bluse mit dem engen Rock steht Ihnen ganz wunderbar!" sagte die Verkäuferin, während sie hinter Carina stand und den Rock noch etwas in Form brachte. Carina hatte plötzlich das Gefühl, dass diese sehr hübsche, junge Verkäuferin nicht nur den Rock gerade zog, sondern ihr dabei, mit einer Hand auch ganz zärtlich über die rechte Pobacke streichelte. Zwischen ihren Beinen begann es leicht zu kribbeln. Schnell aber schob sie diesen irren Gedanken beiseite, drehte sich vor dem Spiegel ein wenig hin und her und nickte zustimmend. Was sie da sah, konnte sich sehen lassen. Ihre fraulichen Formen kamen in dem schwarzen, engen Stiftrock sehr gut zur Geltung und bei der hellblauen, gestreiften, sehr taillierten Bluse konnte man nur erahnen, welche wunderbaren festen Brüste sich dahinter verbargen.

„Prima, dann nehme ich beides", sagte Carina zufrieden, während sie zur Umkleidekabine ging.

Carina zog Rock und Bluse aus und reichte es der Verkäuferin, die schon am Vorhang der Umkleide stand um ihr die Teile abzunehmen. Carina bemerkte den starren Blick der Verkäuferin, der Blick war auf den Spiegel gerichtet. Selbst als die junge Frau die beiden Kleidungsstücke schon entgegengenommen hatte, blieben ihre Augen an der Glasscheibe haften. Carina ließ ihren Kopf langsam in Richtung des wandhohen Spiegels wandern und sah sich darin in voller Größe, nur mit einem schwarzen Spitzen-BH und Slip bekleidet. Wahrscheinlich war durch das viele Anprobieren ihr schmaler Slip nach rechts verrutscht und gab so, ganz unverblümt ihre frisch rasierte Lustgrotte frei. Jetzt verstand Carina, warum die Verkäuferin ihren Blick nicht mehr vom Spiegel nehmen konnte. Im ersten Augenblick war ihr selbst die Situation äußerst peinlich, in der nächsten Sekunde aber genoss sie es, sich dieser hübschen Verkäuferin genau so, genau in dieser Pose zu zeigen.

„Okay meine kleine, süße Verkäuferin", sagte Carina zu sich selbst, „dann werde ich dir mal eine kleine Sondervorstellung geben."

Sie stellte ihr linkes Bein auf den kleinen Schemel, der vor ihr stand und spreizte ein wenig ihre Beine. Die Beleuchtung des großen Spiegels sorgte dafür, dass man alles, aber auch wirklich alles, mehr als gut erkennen konnte. Das künstliche Licht zeigte die Feuchtigkeit, die bereits auf der kleinen Lustgrotte lag.

Carina nahm, ohne ihren Unterkörper wegzudrehen, ihre Bluse vom Haken und zog sie über. Langsam knöpfte sie diese zu. Sie hörte den schweren Atem der Verkäuferin, die immer noch am Vorhang stand. Carina ließ ihre Finger nach unten wandern. Sie nahm mit der Fingerspitze ein Lusttröpfchen auf und verteilte es auf ihrem magischen Dreieck. Genüsslich bewegte sie ihre Fingerspitze auf dem Lustpunkt noch ein paar Male hin und her. Aber dann spürte sie, dass sie jetzt damit aufhören musste, denn ihr Lustgefühl steigerte sich immer mehr. Sie bedeckte ihren Schritt ganz langsam mit dem verrutschten Höschen und nahm ihr Bein wieder herunter von dem kleinen Schemel. Sie vernahm einen Windzug vom Vorhang der nun geschlossen war.

Die Verkäuferin reichte ihr an der Kasse die Einkaufstüte und es schien so als wenn nichts passiert wäre. Aber am Glanz der Augen wusste Carina das diese hübsche Verkäuferin nun mit Sicherheit eine Toilette aufsuchen wird.

Carina verließ sehr zufrieden die Boutique und spannte draußen erst mal einen Regenschirm auf. Es war ein verregneter Montag, der letzte Tag im November. Die Fußgängerzone war normalerweise um die Nachmittagszeit gut gefüllt, aber bei diesem Wetter zog es niemanden nach draußen. Die Kirchturmuhr schlug zur vollen Stunde und Carina genoss das Melodienspiel, das alle drei Stunden zu hören war. Sie eilte sich, sie hatte nur fünf Minuten bis zu dem Bürohaus, indem sich auch ihre Agentur befand.

Vor einigen Jahren hatte sie zusammen mit ihrem Mann dieses

Bürogebäude in der Innenstadt von Breisach gekauft. Ihr Mann Dominik war ein erfolgreicher Unternehmensberater und spezialisierte sich auf Unternehmensgründungen, -verkäufe sowie -fusionierungen. Er belegte mit seinem großen Team die beiden ersten Stockwerke des kleinen Bürohauses. Sie selbst hat eine kleine Werbeagentur gegründet und sich damit in den letzten Jahren zu einer wahren Kapazität im Marketingbereich entwickelt. Für ihre Arbeiten hatte sie sich ein kleines Reich im Dachgeschoss des Gebäudes eingerichtet. Das romantische Flair und die angenehmen Schwingungen dieser Räume spiegelten die Seele und den Charme der jungen Frau wieder.

„Hallo Fabienne, ich bin wieder da", begrüßte Carina ihre Sekretärin, während sie den nassen Regenschirm in den dafür vorgesehenen Ständer stellte. Fabienne war schon seit der ersten Stunde ihre rechte Hand gewesen. Obwohl sie sich immer noch siezten war Fabienne, in all den Jahren, eine gute Freundin für sie geworden.

„Hallo Frau Martens, das ist schön, dass Sie wieder da sind. Aber Sie hätten ruhig etwas besseres Wetter mitbringen können", scherzte Fabienne.

„Sie wissen doch, ich bin nur für die kleinen Wunder zuständig", antwortete Carina lachend, bereits auf dem Weg in ihr Büro.

Carina knipste die kleine orangefarbene Kristall-Lampe an. Auf einem Flohmarkt hatte sie sich in diese Lampe sofort verliebt und seit dem hat diese einen festen Platz auf ihrem Schreibtisch.

Als die Lampe anfing zu leuchten, durchzog den Raum eine sehr angenehme Atmosphäre. Carina liebte diesen Flair, konnte sie dabei doch am besten arbeiten, kamen ihr dabei doch die allerbesten Ideen. Und in ihrem Job lebte sie von genialen Ideen.

Carina schaute auf die Uhr. Noch eine viertel Stunde bis zu ihrem Termin mit einem neuen Kunden. Carina öffnete die Einkaufstüte und holte den gerade gekauften Rock und die Bluse heraus. Sie hielt den Rock an sich an und freute sich über dieses tolle Teil. Gerade als sie die Sachen wieder in die Tüte zurückpackte, fiel ein Zettel heraus. Sie nahm ihn auf und staunte nicht schlecht. Das Einzige was auf diesem Zettel stand, war eine Telefonnummer. Carina schmunzelte. Hat die Verkäuferin ihr doch tatsächlich ihre Telefonnummer zugesteckt. Carina setzte sich in ihren bequemen ledernen Chefsessel, schlug ihre langen Beine übereinander und schaute sich nochmal den Zettel an. Ihre Gedanken machten sich selbständig und wanderten nochmal zurück in die Umkleidekabine.

Sie stellte sich gerade vor, dass die junge, hübsche Verkäuferin zu ihr in die Kabine kam. Sie schaute ihr tief in die Augen. Carina konnte ihr Parfum riechen und ihre Wärme spüren. Die junge Frau streichelte ihr mit dem Handrücken über die Wange und fuhr ihr mit dem Zeigefinger über die Lippen. Carinas Herz pochte und sie spürte ein erregendes Kribbeln zwischen ihren Beinen . Gerade als die junge Verkäuferin mit ihrem Finger, an ihrem Hals entlang zu ihrem Busen wanderte, vernahm sie die Stimme ihrer Sekretärin.

„Frau Martens, Frau Berger ist da", hörte sie Fabienne sagen.

Carina spürte eine warme Feuchtigkeit und ein leichtes Pochen in ihrem Schritt und hätte zu gerne ihren Fantasien weiter freien Lauf gelassen, aber der Job ging nun mal vor.

„Führen Sie sie bitte in das Besprechungszimmer, Fabienne, ich komme sofort. Sie können dann übrigens Feierabend machen."

Dieser Termin war für heute ihr letzter und danach konnte auch sie endlich Feierabend machen. Den Zettel mit der Telefonnummer sollte sie eigentlich wegwerfen. Aber sie konnte es nicht und verstaute ihn mit einem Lächeln in ihrer Handtasche. Noch einen kurzen Blick in den Spiegel, bevor sie sich auf den Weg ins Besprechungszimmer machte.

„Guten Tag Frau Berger, ich bin Carina Martens." Sie reichte der jungen Frau die Hand und schaute dabei in ein Paar große, dunkelbraune Augen.

„Hallo Frau Martens, nett Sie kennenzulernen. Sie wurden mir als Marketing-Spezialistin empfohlen und eine solche brauche ich jetzt ganz dringend. Wir haben ein neues, fantastisches Produkt entwickelt, was nun optimal vermarktet werden muss. Vielleicht bekommen wir das ja zusammen hin?"

Da sie überwiegend Männer im Bereich Marketing vertrat genoss sie diese Abwechslung, nun auch mal einer Unternehmerin zur Seite stehen zu können. Das Gespräch verlief sehr sachlich, aber nicht kühl. Jasmin Berger war eine sehr sportliche Frau, mit langen schwarzen Haaren. Sie trug eine beige Jeans, eine schwarzes Hemd was locker in der Jeans steckte. Dazu noch einen breiten, braunen Ledergürtel, der ihre Taille besonders gut zur Geltung brachte. Carina stellte neidlos fest, dass Jasmin eine wunderbare Haut hatte und so nur ganz wenig Make-up brauchte. Ihr Parfüm hatte eher einen herben Charakter, aber genau das passte zu ihrem maskulinen Wesen. Carina hatte das Gefühl, dass Jasmin eine Frau war, mit der man Pferde stehlen konnte. So eine richtig gute Freundin, bei der man sich auch mal ausheulen konnte und auch anlehnen konnte. Aber dennoch, sie spürte, da war noch etwas anderes. Carina wusste nicht genau was sie an dieser Frau so enorm anzog, aber es lag eine gewisse Spannung in der Luft, die nichts mit der geschäftlichen Beratung zu tun hatte. Was für ein Typ von Frau, dachte sie nur. Eine Frau, die jetzt schon ein gewisses Kribbeln bei ihr verursachte.

„Hallo, Frau Martens, hören Sie mir eigentlich noch zu?" Jasmin Berger genoss diese Situation. Jasmin schaute in die Augen der jungen, symphatischen Werbefachfrau und fing herzlich an zu lachen. Lachen gehörte eigentlich schon seit einiger Zeit nicht mehr zu ihrem Tagesrhythmus. Seit ihre Freundin sich vor einigen Wochen, wegen einer anderen von ihr getrennt hatte, saß sie oft alleine zu Hause und grübelte über die Ungerechtigkeiten auf dieser Welt nach. Jasmin Berger konnte sich finanziell alles leisten. Ihr Kosmetikunternehmen lief auch ohne sie sehr gut und sie hätte überhaupt kein Problem damit gehabt, sofort eine neue Frau an ihrer Seite zu haben. Wer sie aber persönlich kannte, der wusste genau, dass sie eine Frau war, die noch an die wahre Liebe glaubte.

„Entschuldigung, ich war ganz in Gedanken. Normalerweise bin ich immer konzentriert, aber heute... Ich denke, wir haben auch alles so weit besprochen. Ich werde die Entwürfe für das neue Produkt vorbereiten und sie Ihnen dann zukommen lassen. Danach können wir gerne einen neuen Termin vereinbaren. Einverstanden?" Carina wollte nur eins, dieses Gespräch so schnell wie möglich beenden. Ihr Herz schlug bis zum Halse und sie hatte das Gefühl jeden Moment ohnmächtig werden zu müssen.

„Selbstverständlich bin ich damit einverstanden. Ich freue mich schon darauf, Sie wiederzusehen." Jasmin Berger nahm fast zärtlich Carinas Hand, schaute ihr noch einmal lächelnd in die Augen, drehte sich um und verließ den Raum.

Carina stand da wie angenagelt. Es dauerte einige Zeit, bis sie langsam ihre Notizen aufnahm und in ihr Büro zurückging. Sie ließ sich in ihren bequemen Chefsessel fallen, schloss die Augen und versuchte, etwas Klarheit in ihr Gefühlschaos zu bringen.

Sie erinnerte sich daran, wie sie ihren Mann kennengelernt hatte. Es war vor einigen Jahren gewesen, auch an einem verregneten Novembertag. Sie kam völlig durchnässt und viel zu spät zur Uni, weil sie ihren Bus verpasst hatte. Der Professor hatte mit seinem Vortrag schon begonnen, als sie ganz leise den Raum betrat. Sie wusste, dass dieser alte Herr es überhaupt nicht mochte, wenn man zu spät kam, und man dann auch sofort von ihm getadelt wurde. Sie konnte sich noch sehr gut an seine Worte erinnern, als er sie beim Reinschleichen bemerkte. „Junges Fräulein, wer zu spät kommt, sitzt zur Strafe direkt bei mir, hier in der ersten Reihe!" Ein Stuhl war vorne noch frei und auf diesen setzte sie sich dann auch ganz schnell, mit hochrotem Kopf. Es dauerte nicht lange, da fing sie auch schon an zu niesen. Der junge Mann an ihrer rechten Seite schob ihr, mit einem Lächeln im Gesicht, ein Päckchen Tempotaschentücher rüber und das war der Beginn dieser Freundschaft. Es verging kein Tag, an dem sie sich nicht sahen, und ein Jahr später heirateten sie. Einige Jahre später eröffneten sie ihre Unternehmen und es stellte sich heraus, dass dies ein sehr guter Schritt gewesen war. Die Karriere stand für beide an erster Stelle und der Erfolg ließ auch gar nicht lange auf sich warten. Finanziell ging es sehr schnell aufwärts, sodass sie sich ein schönes Häuschen in der Nähe von Breisach unweit eines kleinen Sees kaufen konnten. Das Häuschen war ganz ruhig auf einer kleinen Anhöhe gelegen und manchmal konnte man die Abendsonne im Wasser untergehen sehen.

Das Haus war sehr romantisch eingerichtet. Die Innenausstattung überließ ihr Mann gerne ihr. Natürlich waren auch hier zwei Büroräume vorhanden. Oft saßen sie beide dort bis tief in die Nacht hinein und erledigten ihre Arbeiten.

Bevor Carina ihren Mann kennenlernte, hatte sie eine einzige Beziehung. Es war eine Liebesbeziehung mit einer Frau. Da sie aber aus einem sehr religiösen Elternhaus kam, hatte sie diese Beziehung stets geheim gehalten. Genau das war letztendlich der

Grund, warum die Beziehung auseinanderging. Ihre damalige Freundin wollte, dass sie zueinander stehen, dass sie ihre Liebe offen zeigten. Das aber konnte sie nicht, auch wenn sie es gewollt hätte. Dafür hatte sie zu großen Respekt vor ihren Eltern und sie wusste, dass sie eine homosexuelle Beziehung niemals dulden würden, eher würden sie den Kontakt zu ihr abbrechen und das wollte sie natürlich keinesfalls. Als sie dann ihren jetzigen Mann kennenlernte, war das wie eine Flucht in eine saubere, heile Gefühlswelt. Es war für sie wie eine Erlösung, als ob sie endlich geheilt werden würde. Trotzdem verschwand in all den Jahren ihre Vorliebe für Frauen nicht. Dieses Verlangen spürte sie hier und da immer mal wieder, aber sie ließ diese Gefühle nicht mehr zu, sie wollte sie nicht mehr zulassen, auch wenn es ihr noch so schwerfiel.

Plötzlich schreckte Carina auf. Es war dunkel in ihrem Büro, war sie etwa eingeschlafen? Sie stand auf, knipste das große Deckenlicht an, schaute auf die Uhr und stellte fest, dass sie tatsächlich zwei Stunden eingeschlafen sein musste. Eilig packte sie ihre Sachen zusammen, knipste das Licht aus und fuhr nach Hause.

Ihr Mann war heute Abend bei einem Geschäftsessen, sodass sie sich einfach mal etwas Ruhe gönnen konnte. Nachdem sie ein heißes Bad genommen hatte, machte sie sich in der Küche ein Wurstbrot und einen Früchtetee. Damit setzte sie sich gemütlich vor den offenen Kamin, der mittlerweile schon eine angenehme Wärme ausstrahlte. In Momenten wie diesen fing sie an zu grübeln. Sie stellte sich, wie schon einige Male in der letzten Zeit, die Frage, ob ihr Mann und sie sich auseinander gelebt hatten. Gespräche fanden nur noch mit geschäftlichen Themen statt, das Liebesleben war mehr Pflicht als Spaß und ein zärtlicher Kuss zwischendurch fand nur noch als Show bei irgendwelchen geschäftlichen Anlässen statt. Demonstrierte man das perfekte und glückliche Ehepaar nur noch nach außen hin? Wenn Carina auf ihren Wunsch nach Kindern zu sprechen kam, wurde sie von ihrem Mann immer wieder auf später vertröstet. Nun hatte sie mittlerweile schon ein gewisses Alter erreicht und den Kinderwunsch bereits aufgegeben. Aber konnte das alles gewesen sein? Was ist der Inhalt und der Sinn einer Ehe? Die Antworten fand sie auch diesmal nicht und ging deshalb unzufrieden und zweifelnd ins Bett. Sie legte eine romantische CD ein, kuschelte sich in ihre Kissen und lauschte der Musik. Die träumerisch-verliebten Klänge machten ihr bewusst, wie einsam sie sich eigentlich fühlte. Lange dachte sie darüber nach. Dann schweiften ihre Gedanken zu der neuen Kundin, zu dieser außergewöhnlichen, wundervollen Frau, die sie heute kennengelernt hatte. Sie hatte etwas an sich, das sie sehr anzog. Noch ahnte Carina nicht, dass diese Frau ihr ganzes Leben auf den Kopf stellen wird.

Ihre Gedanken machten sich plötzlich selbstständig, Fantasien begannen zu entstehen und sie stellte sich vor, wie es sich wohl anfühlen würde, wenn Jasmin sie streicheln würde. Bei diesen Träumereien fühlte Carina auf einmal ein leichtes Kribbeln in der Bauchgegend und sie spürte, wie ihr Puls schneller schlug. Diese erregende Anspannung war kaum zu ertragen! Sie sehnte sich auf einmal nach ihren Berührungen, ihrem Duft und ihrer Fraulichkeit. Ihr ganzer Körper war angespannt und sie fühlte, wie ihre Brustwarzen sich langsam aufrichteten. In ihrer Vorstellung nahm sie ihren Kopf in beide Hände und zog ihn zu sich. Ihre heißen Lippen berührten sich und ein erregendes Prickeln durchzuckte sie, als sich ihre Zungenspitzen trafen. Sie zog sie nah an sich und bedeckte ihren Hals mit Küssen, während ihre Hände auf Erkundungstour gingen. Sie spürte, wie sie vor Lust zerfloss. Ihr Atem erreichte stoßweise ihr Ohr und die kleinen Härchen an ihrem Körper begannen sich überall aufzurichten. Ihre Hände ersetzten nun die Berührungen von Jasmin, Berührungen nach denen sie sich auf einmal so sehnte. Ihre Finger umspielten ihr Herzstück und sie musste sich beherrschen, um vor Verlangen nicht laut aufzuschreien. Sie fühlte die Feuchtigkeit ihrer Klitoris und bebte leicht vor Begierde. Wie sie es genoss, ihr in Gedanken so nahe zu sein. Ihr Körper spannte sich, sie bäumte sich auf und stöhnte laut, als ein Gefühl der wohligen Entspannung durch ihren Körper strömte. Sie genoss dieses Gefühl noch eine ganze Zeit lang, bevor sie dann in einen wunderschönen Traum fiel.

Kapitel 2

Es war kurz nach 7.00 Uhr, als Carina aufwachte. Das Bett neben ihr war leer. Sie war es mittlerweile gewohnt, des Öfteren alleine aufzuwachen. Wenn die Geschäftsbesprechungen ihres Mannes länger dauerten, dann übernachtete er im Büro. Für solche Zwecke hatte sie extra einen kleinen Nebenraum im Dachgeschoss des Bürohauses gemütlich eingerichtet. In letzter Zeit häuften sich allerdings die überlangen Geschäftsbesprechungen. Doch Carina vertraute ihrem Mann und machte sich deshalb keine weiteren Gedanken mehr.

Kurz nach 9.00 Uhr traf sie wie immer sehr gut aussehend, perfekt gestylt und gut gelaunt in der Kanzlei ein. „Einen wunderschönen guten Morgen alle zusammen. Wo finde ich denn meinen Mann?"

„Ich piepse ihn über sein Calling an, dann ist er gleich da", rief seine Sekretärin ihr zu.

„Sagen Sie ihm bitte, dass ich oben in meinem Büro bin und dort auf ihn warte." Carina ging nach oben und begrüßte zuerst Fabienne. Da kam auch schon ihr Mann hereingeschneit, etwas nervös, so schien es ihr. „Guten Morgen Carina, du hast mich anpiepsen lassen?"

„Guten Morgen, mein Schatz." Carina ging strahlend auf ihren Mann zu, streckte ihm ihr kleines Kinn entgegen, spitze die Lippen und wartete auf ein Guten-Morgen-Küsschen. „Habe ich den Kuss eben nur geträumt oder haben deine Lippen mich wirklich berührt?", fragte sie etwas irritiert.

„Entschuldigung, aber ich habe nicht viel geschlafen, bin total übermüdet und habe heute noch einen anstrengenden Tag vor mir. Es kann sein, dass ich auch heute Nacht nicht nach Hause kommen kann." Dominik schien wirklich nervös und verabschiedete sich hastig von seiner Frau, als er über den Piepser in sein Büro gerufen wurde. Carina schaute ihm ein wenig traurig nach, machte sich aber dann an ihre Arbeit, um die Entwürfe für das neue Produkt der Firma „Berger" zu erstellen.

Der ganze Tag verlief sehr ruhig. Es ging für sie nur zweimal das Telefon, die anderen Anrufe wurden vorab schon von Fabienne erledigt. Über einen Anruf freute sich Carina aber besonders. Er kam von ihrer Freundin Elfi Gielow. Sie hatte Elfi vor ein paar Jahren in einem Seminarhotel kennengelernt, wo sie mit ihrem Mann zusammen auf einem Kongress gewesen war. Elfi malte Ölbilder und hatte im Foyer des Hotels ihre erste Bilderausstellung. Carina interessierte sich bereits seit ihrer Kindheit für die Malerei und somit kamen sie beide dann auch sehr schnell ins Gespräch. Seitdem waren sie sehr eng befreundet und einmal im Jahr besuchten sie sich. Elfi lud sie für das nächste Wochenende ein, da sie am Freitag wieder mal eine Ausstellung hatte und sie Carina gerne dabei haben wollte. Elfi hatte ein kleines Häuschen in einem noch kleineren Bergdörfchen, weit oben in den Schweizer Alpen. Da dort bereits Schnee lag, würde die Fahrt zu ihr mehrere Stunden dauern, sodass sie bereits am

Donnerstag hinfahren würde. Carina freute sich schon sehr, ihre Freundin wiederzusehen, aber vorher musste sie noch die Entwürfe mit Jasmin Berger durchsprechen.

„Fabienne, würden Sie bitte Frau Berger anrufen und einen Termin für morgen vereinbaren? Und vermerken Sie bitte in Ihrem Terminbuch, dass ich am Donnerstag und Freitag nicht im Hause bin."

Oh wie schön, dachte sich Carina, drei Tage ausspannen und relaxen, ein herrliches Gefühl. Carina träumte ein bisschen vor sich hin, bis die Stimme von Fabienne ihre Gedanken unterbrach.

„Der Termin mit Frau Berger ist morgen Mittag um 17.00 Uhr in ihrem Büro, da sie aus geschäftlichen Gründen leider nicht hierher kommen kann. Ist das in Ordnung für Sie, Frau Martens?" Heute war für sie alles in Ordnung. Selbst ein Hurrikan hätte ihre gute Laune heute nicht verderben können. Und Dominik machte fast einen glücklichen Eindruck, als er von seiner Frau erfuhr, dass sie für drei Tage ihre Freundin in der Schweiz besuchen würde.

Pünktlichkeit stand bei Carina an erster Stelle und so war sie bereits kurz vor 17.00 Uhr am Empfang des Berger-Konzerns. Eine sehr elegant gekleidete, junge Frau führte sie durch die Chefetage bis vor die Bürotür. Carina schaute vorab noch mal kurz in den großen Spiegel an der Wand und war mit dem, was sie da sah, doch sehr zufrieden. Sie hatte keine Modelfigur, aber das wollte sie eigentlich auch gar nicht. Ihre weiblichen Kurven waren an den richtigen Stellen und strahlten eine gewisse Gemütlichkeit aus. Sie trug einen dunkelblauen Hosenanzug mit einem schmalen, goldenen Gürtel und passende Pumps. Das Halskettchen, mit einem kleinen Brillanten versehen, brachte ihr schönes Dekolleté noch mehr zur Geltung. Ihr blondes glänzendes Haar und der raffinierte Schnitt gaben ihrem Gesicht einen leichten lausbubenhaften Charme. Das Spitzbübige konnte sie auch mit ihrem sehr dezenten Make-up und dem leicht roséfarbenen Lippenstift nicht mindern.

„Frau Berger lässt bitten." Mit diesen Worten öffnete die junge Frau die Bürotür und bat sie hinein. Jasmin Berger kam lächelnd auf sie zu, streckte ihr die Hand entgegen und begrüßte sie. Carina hatte das Gefühl, als ob ihr der Boden unten den Füßen weggezogen würde.

„Ich freue mich sehr, Sie so schnell wiederzusehen, Frau Martens. Möchten Sie einen Kaffee oder lieber einen Tee?"

„Einen Kaffee, wenn es Ihnen nicht zu viele Umstände bereitet."

Carina schlug die Arbeitsmappe auf und dann folgte ein Gespräch, wie es ihre Klienten eigentlich auch gewöhnt waren. Sachlich, präzise, ohne Umschweife, aber dennoch mit einem gewissen Schlag Humor und vor allem mit großem Einfühlungsvermögen. Carina wusste genau, wie sie gerade diese immer wieder mit sehr persönlichen Informationen angefüllten Gespräche führen musste. Besonders in dem Bereich einer „Produkteinführung" ist sehr viel Fingerspitzengefühl gefragt. Schließlich geht es hier um existenzielle Geschehnisse. Nach 2 Stunden waren die groben Entwürfe mit allen wichtigen Details durchgesprochen und konnten so als Basis für die nächsten Schritte dienen.

„Dürfte ich Sie morgen zum Abendessen einladen?" fragte Jasmin Berger mit einem Blick, der mehr als nur geschäftliches Interesse verriet.

„Ihrer Einladung würde ich gerne folgen, aber ich besuche morgen für 3 Tage eine Freundin in der Schweiz und diesen Besuch möchte ich nicht absagen." Carina bedauerte es, aber die Freude auf Elfi war einfach zu groß.

„Das ist wirklich sehr schade, aber aufgeschoben ist ja nicht aufgehoben, oder?" Ihre Augen forderten eine Antwort.

Carina, äußerlich ruhig, innerlich aber wie ein Vulkan, lächelte zaghaft. „Stimmt! Wir können am Montag ja mal zusammen telefonieren und verschieben unser Date einfach auf die nächste Woche, okay?"

Sie nickte zustimmend, drückte ihre Hand länger, als sie es gewöhnlich tat, und begleitete sie zur Tür. Carina drehte sich zu ihr um und schaute in ihre dunkelbraunen Augen. Dann spürte sie ihre warmen Lippen auf den ihrigen. Es war ein ganz zarter, fast schon zu zärtlicher Kuss. Carina atmete tief ein und spürte, wie sich die Wellen der Gefühle durch ihren ganzen Körper hindurch bewegten. Wenn ich mich jetzt nicht gegen diese Gefühle wehre, ist es zu spät, dachte sie, ließ eine irritiert blickende Kundin zurück und lief überstürzt zur Treppe. Nur weg von hier, nur weg von dieser Frau, die anfing, ihre Gefühle total aus dem Gleichgewicht zu bringen. Ihre Gedanken überschlugen sich: Was ist nur los mit mir? Warum macht mich diese Frau so willenlos? Schließlich bin ich verheiratet und auch glücklich verheiratet. Oder nicht? Carina wusste nicht mehr genau, wie sie nach Hause gekommen war. Sie wusste nur eins, dass sie diese Frau so schnell nicht mehr treffen durfte. Sie würde diesen Fall abgeben an ihre Freundin Leonie Lambert, die ebenfalls eine Werbeagentur hat und die sich immer mal wieder untereinander aushelfen. Ja, sie würde alles tun, um jeder Begegnung aus dem Weg zu gehen. Mit dieser persönlichen Vorgabe fuhr sie dann am nächsten Tag frohgelaunt zu Elfi.

Kapitel 3

Die Fahrt verlief ohne große Staus, sodass Carina auch nach ihrer geschätzten Fahrzeit in dem kleinen Bergdörfchen ankam. Sie genoss es jedes Mal aufs Neue, wenn sie die kleinen Häuschen sah, sobald sie über den Bergkamm drüber war. Der Winter war hier schon eingekehrt und man kam sich vor, als fahre man direkt ins Paradies hinein. Alle Dächer waren in Schnee eingehüllt, die Straßen glichen einer Schneepiste und hier und da sah man auch eine Gruppe Kinder, die einen Schneemann bauten. Obwohl es sich mit seinen ca. 100 Einwohnern nur um ein sehr kleines Dörfchen handelte, gab es einen Bäcker, einen Metzger, einen kleinen Supermarkt, ein Gasthaus und eine ganz kleine Kirche. Hier herrscht noch der Frieden, den sich eigentlich jeder Mensch so wünscht, dachte Carina, als sie die Dorfstraße hinauffuhr. Das Haus von Elfi lag am Ende des Orts, etwas oberhalb. Aus dem Schornstein sah man Rauch emporsteigen, was bedeutete, dass Elfi zu Hause war.

„Ja Grüezi, herzlich willkommen!", rief Elfi schon von Weitem, als sie Carina den Weg heraufkommen sah. Elfi nahm Carina schwesterlich in den Arm und drückte sie. „Du siehst ja richtig gut aus."

„Danke schön, Elfi. Du siehst aber auch verdammt gut aus mit deiner neuen Haarfarbe." Carina bewunderte Elfi und diese Bewunderung war ein aufrichtiges, freundschaftliches Gefühl.

„Komm mit rein, der Kamin brennt schon und der Kaffee läuft gerade durch. Erzähl, was gibt es Neues bei dir?" An Elfis Neugierde hatte sich nichts geändert. Sie war wie ein Bach, der überläuft, und ihr Temperament war nicht zu bremsen. Somit kamen ihr auch immer wieder neue Gedanken und Ideen, die sie dann in ihrer Malerei umsetzte. Beim Malen war Elfi sehr in sich gekehrt und meist geistesabwesend. Es gab in diesen Momenten nur sie und ihre Staffelei. Mit dem Malen hatte Elfi vor ein paar Jahren begonnen, nachdem sie ihren Mann durch einen Autounfall verloren hatte. Sie hatte noch einen Bruder, der in Südamerika lebte, und eine ältere Schwester. Aber über ihre Geschwister hatte Elfi nie viel erzählt und beide hatte Carina auch noch nicht kennengelernt.

„Na ja, das Übliche, kennst du ja. Viele neue Ideen, viel Arbeit usw." Carina überlegte kurz, ob sie Elfi von Jasmin Berger etwas berichten sollte, aber da fing Elfi schon an zu erzählen und sie hörte so schnell auch nicht mehr auf.

Elfi war genauso alt wie Carina, aber vom Äußeren her ein ganz anderer Typ. Sie war groß, schlank und hatte lange, dunkelbraune Haare. Mit der neuen Haarfarbe hatte sie das Dunkelbraun in ein Mahagonirot verwandelt. Mit Dominik verstand Elfi sich nicht so gut. Sie fand ihn arrogant, gefühllos und überheblich. Es war somit klar, dass über den Ehemann von Carina nur das Notwendigste gesprochen wurde. Elfi erzählte von ihrer bevorstehenden Ausstellung. Ca. 150 Gäste erwartete sie, darunter auch Bürgermeister, Kulturdezernent und Presse.

„Ach und weißt du, wer sich noch angekündigt hat?", fragte Elfi, wartete aber erst gar keine Antwort ab. „Mein Schwesterherz, die ich schon seit zwei Jahren nicht mehr gesehen habe. Vor zwei Wochen rief sie auf einmal an und wollte mich mal wieder besuchen, einfach so. Da hab ich sie gleich zu meiner Ausstellung eingeladen. Na ja, sie ist geschäftlich sehr engagiert und kann deshalb erst morgen Abend kommen."

„Wenn ihr euch so lange nicht gesehen habt, dann bleibt sie doch sicher ein paar Tage, oder? Schließlich gibt es viel zu erzählen." Carina wartete geduldig auf eine Antwort.

„Ja, sie bleibt bis zum Sonntag, aber keine Angst, sie wird unser Wochenende nicht beeinflussen", sagte Elfi beruhigend. „Abgesehen davon, weiß ich ja noch nicht einmal, ob sie auch wirklich kommt. Wie oft hatte sie früher zugesagt auch zu den Treffen mit unseren Eltern zu kommen, zu Weihnachten, Geburtstagen und so, und dann ist sie doch nicht erschienen. Also erst einmal abwarten. Ich glaube es erst wenn ich sie sehe, dass sie auch wirklich da ist. So, und nun werden wir beide ganz gemütlich essen gehen, zum Greiner Ötzi, da gibt's heute Abend frische Schwammerl."

So war Elfi, ein Hitzeblitz in allen Ecken und Langeweile, das Wort kannte sie nicht. Es wurde ein sehr schöner Abend. Elfi erzählte von ihrer neuen Liebe Marcel Adney, den sie vor ein paar Wochen kennengelernt hatte. Ihn sollte Carina bei der Ausstellung kennenlernen. Eigentlich wollte Carina auch ein bisschen davon erzählen, was sie so in Sachen Gefühle erlebt hatte. Aber morgen war ja auch noch ein Tag.

Elfi stand schon sehr früh auf an diesem Morgen. Sie hatte noch viel zu tun, für ihre Ausstellung unten in der Stadt, die um 16.00 Uhr eröffnet werden sollte. Es war kurz nach 8.00 Uhr, als Carina von Elfi geweckt wurde. „Guten Morgen Carina, aufwachen, es ist so ein wunderschöner Tag. Schau mal, die Sonne geht gerade hinter den Bergen auf und dieses Traumwetter wird das ganze Wochenende anhalten."

Carina brauchte einen Augenblick, um ihre Gedanken zu sortieren und um festzustellen, dass sie wirklich hier in dem urigen Schweizer Dörfchen war. Sie mummelte sich noch mal tief in ihr rot-weiß-kariertes Bettzeug ein und lächelte total zufrieden.

„Guten Morgen Elfi. Lass mir bitte noch einen Augenblick, du weißt doch, für mich ist das hier Genuss pur."

Elfi setzte sich auf den Bettrand. „Ich bin so froh, dass ich dich als Freundin habe. Weißt du, ich habe furchtbare Angst vor heute Abend. Es hängt so viel von dieser Ausstellung ab."

Carina konnte mitfühlen. Sie nahm Elfi in ihren Arm und drückte sie. „Du schaffst das. Und du wirst sehen, morgen früh beim Frühstück lachst du selbst über deine Angstgedanken von heute. Außerdem bin ich ja bei dir und ich habe noch nie einen Angeklagten im Regen stehen lassen."

Nun musste auch Elfi wieder lachen. „Du hast ja recht. Was hältst du davon, wenn du dich heute um den Frühstückstisch kümmerst? In der Zeit kann ich den Schnee vorm Haus wegräumen, es hat nämlich ziemlich geschneit heute Nacht."

Carina beeilte sich mit dem Duschen. Auf die Verschönerung mit Make-up verzichtete sie heute Morgen, dieses Programm kam erst am Nachmittag dran. Sie deckte den Frühstückstisch, kochte Kaffee, machte für jeden zwei Spiegeleier und backte die Brötchen auf. Sie genoss diese Arbeiten. Sie und ihr Mann frühstückten schon lange nicht mehr zusammen. Warum eigentlich? Nein, keine Gedanken über ihre Ehe an diesem Wochenende. Carina ging nach draußen, um Elfi zum Frühstück zu holen. Sie schaute direkt auf die Berge, wo es aussah, als ob diese gerade die Sonne wie einen Luftballon freigegeben hatten. Es war so ein überwältigender Anblick. Der frisch gefallene Schnee glitzerte wie ein Diamantenteppich und die Luft war so rein, dass sie gar nicht genug davon bekommen konnte. Wenn das Wetter so bleibt, könnte man morgen vielleicht mal eine kleine Wanderung zu der Hütte machen, die Elfi damals gekauft hat, dachte Carina gerade, als Elfi mit hochroten Wangen um die Ecke kam.

Obwohl Elfi etwas im Zeitdruck war, frühstückte sie in aller Ruhe, bis sie plötzlich merkte, dass es schon 11.00 Uhr war. „Jesses Marie, jetzt muss ich mich aber sputen. Ich muss noch einige Bilder aufstellen, der Partyservice wollte gegen 14.00 Uhr seine Tische usw. aufbauen, zum Friseur muss ich noch und das Zimmer für meine Schwester muss ich auch noch herrichten."

„Immer mit der Ruhe! Das mit dem Zimmer herrichten, hier

aufräumen und alles etwas in Ordnung bringen, das mache ich schon", wirkte Carina beruhigend auf Elfi ein.

Elfi packte eilig ihre Kosmetika und Abendgarderobe zusammen. Sich umziehen und sich schminken, das konnte sie auch bei ihrem Friseur machen, dazu brauchte sie nicht noch einmal hier hoch zu kommen. Diese 30 Autominuten hin und wieder zurück konnte sie einsparen. Elfi gab Carina noch ein Küsschen auf die Wange, drückte sie nochmals ganz fest und   weg war sie.

Carina setzte sich noch ein wenig an den Frühstückstisch, trank noch eine Tasse Kaffee und genoss den Blick in die Berge. Sie nahm ihr Handy zur Hand und wählte die Nummer ihres Mannes. Dominik hatte seine Mobilbox angeschaltet und war somit nicht persönlich erreichbar. Carina hinterließ ihm eine Nachricht. Sie sei gut angekommen, dass sie ein Traumwetter habe und natürlich dass sie ihn liebe. «Dass sie ihn liebe» erwähnte sie eigentlich immer, wenn sie ihm eine Nachricht hinterließ. Aber ist das mittlerweile nicht nur noch ein Standardsatz geworden? Doch darüber wollte Carina jetzt, hier in den Schweizer Bergen nicht nachdenken.

Sie widmete sich der Hausarbeit. Sie räumte den Frühstückstisch ab, spülte, räumte alles weg und saugte kurz durch. Anschließend ging sie nach oben, um das Zimmer für Elfis Schwester herzurichten. Wie sie wohl ist, ob sie auch so eine herzliche, liebe Art hatte wie Elfi? Elfi hatte nie über ihre Geschwister gesprochen, sodass sie nicht mal wusste, wie die beiden eigentlich heißen. Ist ja auch egal, dachte sie, ich werde sie ja heute Abend eh kennenlernen, falls sie überhaupt kommt.

Carina entschloss sich, noch einen kleinen Spaziergang zu machen. Sie spürte, wie gut ihr diese frische Luft tat. Sie hätte noch stundenlang durch diese wunderschöne, verschneite Landschaft spazieren können, aber ein Blick auf die Uhr sagte ihr, dass es nun langsam Zeit wurde, sich fertig zu machen. Schließlich wollte sie pünktlich zur Ausstellungseröffnung da sein.

Carina nahm ein heißes Bad und entspannte noch ein wenig. Jedoch hatte sie die Zeit im Kopf und sie musste sich nun doch so langsam mal beeilen. Sie trocknete sich ab und rieb mit dem Handtuch den Schaum weg, der zwischen ihren Schenkel herablief. Das Reiben mit dem Frotteehandtuch über ihre Spalte tat gut. Eine leichte Welle ging durch ihren Unterleib. Carina nahm die blaue Flasche vom Regal, gab einen großen Spritzer von dem Öl in ihre Hand und verteilte diese gut riechende Lotion auf ihrem Körper. Ihre Hände begannen mit dem Eincremen und einem gleichzeitigen Verwöhnen. Sie cremte und streichelte ihre Brüste und genoss die kleinen Schauer, die sich in ihrem Körper ausbreiteten. Ihr Herz klopfte schneller. Carina setzte sich auf den Badewannenrand. Ein Fuß stellte sie auf den Boden, den anderen auf den Wannenrand.

Ganz langsam verteilte sie die ölige Lotion über ihrem Bauch. Ihre Hände bewegten sich weiter nach unten und wie von selbst öffneten sich ihre Schenkel, immer weiter. Zärtlich strich ihr Mittelfinger zwischen ihren Schenkeln entlang und sie spürte die feuchte Wärme ihrer glatt rasierten Muschi. Sie nahm das Ölfläschchen und ließ etwas Öl direkt auf ihre Lustgrotte tropfen. Dieses tropfende Gefühl des warmen Öles ließ ihre Muschi zum Pochen bringen. Sie verrieb das Öl mit ihrer gesamten Handfläche und sie genoss das Gefühl der zarten Reibung. Ganz zart massierte sie ihren Kitzler, rieb wieder mit der gesamten Handfläche, um dann wieder zum Massieren der Lustperle zu wechseln. Es dauerte nicht lange bis ein kleine Explosion ihren Körper zum Beben brachte. Sie hielt die Augen noch eine Weile geschlossen und genoss diese Wellen der Entspannung. Überhaupt genoss sie es sehr, sich selbst zu streicheln und zu verwöhnen. Sicher hätte sie sich noch etwas länger verwöhnt, wenn die Zeit nicht drängte. Sie rieb mit dem Handtuch ihre nasse Grotte trocken, rubbelte nochmal über ihren Kitzler und war fast davor, das Verwöhnspiel doch noch weiter auszudehnen. Aber dazu fehlte jetzt definitiv die Zeit und das wusste sie. Dann setze ich das erotische Spielchen halt heute Abend im Bett fort, kam ihr der Gedanke und sie strich sich mit ihrem Finger sinnlich über ihre Lippen. Dann legte sie ein zartes Make-up auf, betonte ihre Augen mit einem in Gold glänzenden Lidschatten und wählte einen Lippenstift, der sehr verführerisch wirkte. Ihr Kleid hatte war ein knöchellanges, elegantes Samtkleid mit goldenen Applikationen. Zum Schluss zog sie noch ihr Halskettchen mit dem Brillanten an und passend dazu die goldenen Ohrringe.

Kapitel 4

Es war eine Minute vor 16.00 Uhr, als sie endlich im Foyer der Ausstellungsräume ankam. Es hatte wieder angefangen zu schneien und war somit sehr glatt geworden. Deshalb hatte Carina extrem vorsichtig und auch langsam fahren müssen. Aber jetzt war sie ja da. „Oh Gott, ich dachte schon, du kommst gar nicht mehr", kam Elfi aufgeregt auf sie zu. „Schnell, komm, der Bürgermeister wird gleich die Eröffnungsrede halten." Elfi sah nicht gut aus, sondern einfach umwerfend. Die Blicke der Männer blieben förmlich an ihr kleben, aber vor lauter Aufregung bemerkte sie das gar nicht. Die einzelnen Reden waren gut, präzise und vor allem nicht zu lang, sodass sich die Gäste nach kurzer Zeit bereits den Bildern widmen konnten.

„Einen schönen guten Abend, Frau Martens. Mein Name ist Marcel Adney und Elfi bat darum, dass ich mich selbst bei Ihnen vorstelle." Marcel streckte ihr die Hand entgegen und grinste sie frech an. Ja, dieser Typ passte zu Elfi. Er sah wirklich verdammt gut aus und er hatte auch diese lockere, lustige Art wie Elfi.

„Hallo Marcel. Nett, Sie kennenzulernen. Elfi hat mir ja schon so Einiges von Ihnen erzählt."

„Ich hoffe nur Positives, oder?" Sein Blick war gespielt fragend, denn er wusste genau, dass es nur Positives war. Elfi war wieder im siebten Himmel, seit sie Marcel kannte. Lange, viel zu lange war sie nach dem Tod ihres Mannes alleine geblieben. Sie hatte

Angst gehabt, eine neue Beziehung aufzubauen, Angst, wieder jemanden, den sie liebte, zu verlieren.

Marcel wurde von Elfi gerufen, sodass Carina nun die Zeit nutzen konnte, sich die Bilder mal ganz in Ruhe anzusehen. Im hinteren Teil des Gebäudes war ein kleiner Wintergarten angebaut, der nicht zu den Ausstellungsräumen gehörte. Trotzdem stand dort ein Bild. Es war das erste Bild, das Elfi nach dem Tod ihres Mannes gemalt hatte. Man sah einen Engel, der aus den Wolken herausschaute, und der Blick dieses Engels strahlte sehr viel Liebe und Wärme aus. Elfi hatte dieses Bild wieder aus der Ausstellung herausgenommen, weil angeblich zu wenig Platz war. In Wahrheit aber kamen bei ihr zu viele Erinnerungen hoch, als sie das Bild platzierte, und es hätte ihr zu weh getan, wenn es jemand hätte kaufen wollen. Carina stand in dem spärlich beleuchteten Wintergarten, wo zwei dicke Kerzen ein wenig Licht spendeten. Sie schaute hinaus in den angrenzenden Park. An den großen Tannen war schon die Weihnachtsbeleuchtung angebracht und die Lichter strahlten fast um die Wette. Der Park sah aus, als ob er in weiße Watte gehüllt wäre, und es schneite und schneite. Carina stand ganz verträumt und in Gedanken versunken da, bis sie eine wohltuende, leise Stimme hinter sich hörte.

„Guten Abend Carina."

Carina dachte zuerst, sie träume immer noch. Doch dann drehte sie sich um und schaute in zwei wundervolle, dunkelbraune Augen. „Jasmin, du?"

Ganz selbstverständlich war sie zum „Du" übergegangen. Jasmin nahm ihr Gesicht in ihre Hände und küsste ganz zärtlich ihren Mund. Ihre Lippen berührten kaum die ihrigen, was das Verlangen, sie zu spüren, nur noch verstärkte. Sie streichelte ihre Wangen, ließ ihre Finger an ihrem Hals hinuntergleiten und küsste sie noch einmal, diesmal mit wesentlich mehr Leidenschaft als bisher. Carina spürte ihre warme Zunge und konnte nicht anders, als diesen Kuss zu erwidern. „Was hatte ich eine Sehnsucht nach dir", hauchte Jasmin ihr ins Ohr. Sie spürte den heißen Atem von Jasmin an ihrem Hals und ihr Herz klopfte, dass es fast schon weh tat.

„Was machst du hier?", fragte sie ganz leise, als sie sich ein wenig von diesem schönen Schock erholt hatte.

„Elfi ist meine Schwester. Als sie mir kurz bevor du kamst erzählte, dass sie noch dringend auf ihre Freundin „Carina Martens" wartet, bat ich sie, dir nichts von mir zu sagen und auch nicht, dass ich schon da bin."

„Na, diese Überraschung ist dir ja wirklich gelungen. Aber du weißt genau wie ich, dass dies zwischen uns alles nicht sein darf und ..."

Jasmin verschloss ihren Mund mit einem weiteren, sehr langen, unsagbar zärtlichen Kuss. Sie hielt sie ganz fest in ihren Armen, als ob sie sie nie mehr loslassen wollte. Carina legte ihren Kopf an ihre Schulter. Sie fühlte sich sehr wohl in ihrer Nähe, aber sie wusste auch, dass es keine Zukunft für sie und Jasmin geben konnte. Sie liebte doch ihren Mann, auch wenn er sich in letzter Zeit nicht sehr viel um sie gekümmert hatte. Doch das würde mit Sicherheit alles wieder anders werden, im Moment hatte er bestimmt nur zu viel Arbeit. Tief im Inneren wusste sie aber, dass sie sich selbst etwas vormachte. Am liebsten hätte sie jetzt geweint, doch dazu war sie zu stolz. Nein, dies alles durfte nicht passieren. Sie rief sich innerlich selbst zur Ordnung und löste sich aus ihrer Umarmung.

„Wir müssen vernünftig sein", ermahnte sie. „Du weißt, ich bin verheiratet, und ich bin glücklich verheiratet. Bitte akzeptiere das! Und nun ist es besser, wir gehen wieder zur Ausstellung zurück."

Carina taten ihre eigenen Worte weh, aber sie hatte so große Angst und wusste nicht einmal genau, wovor. Jasmin nickte, äußerte sich aber nicht weiter hierzu. Schweigend mischten sie sich wieder unter die Gäste.

„Einen wunderschönen guten Abend, Frau Martens, darf ich mich vorstellen, ich bin der Bürgermeister, Franz Senniger. Frau Glelow sagte mir, dass Sie eine Freundin sind und aus Breisach kommen. Ich habe viele Jahre dort in der Nähe studiert."

„Na, das ist ja ein Zufall. Wie lange ist das her?"

Carina und der Bürgermeister fanden zu einem langen, sehr interessanten Gespräch und bemerkten gar nicht, wie sich die Ausstellung allmählich leerte. Es war schon weit nach Mitternacht, als auch die letzten Gäste sich verabschiedet hatten.

„Nimmst du meine Schwester mit nach oben, dann fahren Marcel und ich mit dem anderen Auto hoch", fragte Elfi schon sichtlich müde.

„Na ja, bleibt mir ja wohl keine andere Möglichkeit, oder?" Carina wollte eigentlich gerade solche Situationen vermeiden. Während des ganzen Abends hatten sich ihre und Jasmins Blicke immer wieder getroffen und jedes Mal war es für Carina wie ein Stich ins Herz. Aber sie musste stark bleiben.

Dennoch ertappte sie sich immer wieder dabei, wie sie sich viel zu oft einen Blick auf ihren wunderbaren fraulichen Körper gönnte. Sie stellte sich vor, ihre Haut zu berühren, sie hörte ihr leises Lachen, als sie sie in die Arme nimmt, fühlte ihre Küsse, die sie völlig wahnsinnig machten. Ihr brennendes Verlangen, sie ganz nah zu spüren...

Es sind neue, nein - es sind bereits immer da gewesene, intime Gefühle. Es sind ihre Gefühle, ihre Neigungen, die sie plötzlich wieder verspürte. Sie hatte diese in den letzten Jahren nur verdrängt. Carina fühlte dies alles wieder ganz tief in sich, sie fühlte diese wundervolle Wärme in ihrem Herzen und es fühlte sich wirklich wunderbar an. Anderseits aber möchte sie sich dagegen wehren, denn das Gefühl wurde von Minute zu Minute immer stärker. Ihr Puls raste, und nicht nur ihr Herz klopfte verdammt verdächtig. Herrgott, komm schon, beherrsch dich..., sagte sie zu sich selbst.

Die Autofahrt verlief ganz ruhig. Jeder war mit seinen

eigenen Gefühlen und Gedanken beschäftigt. Da alle doch sehr müde waren, beschloss man, direkt schlafen zu gehen. Das Schlafzimmer von Elfi lag im Erdgeschoss, die beiden Gästezimmer befanden sich oben im Dachgeschoss.

„Wenn ihr zusammen nach oben geht, kann ich von hier unten aus das Licht löschen", sagte Elfi und gähnte laut.

Carina und Jasmin stiegen die Treppe nach oben. Der Mond schien direkt durch das Dachfenster, somit war es nicht allzu dunkel und man konnte ganz gut auf das künstliche Licht verzichten.

„Eine gute Nacht wünsche ich dir, Carina", hörte sie Jasmin leise sagen.

„Das wünsche ich dir auch, Jasmin." Sie wusste, dass es jetzt besser wäre, ihr nur die Hand zu geben. Aber ihre Gefühle für sie waren einfach zu stark. Sie hauchte ihr einen zärtlichen Kuss auf die Wange, drehte sich dann aber doch um und ging in ihr Zimmer. Jasmin hätte sie am liebsten in den Arm genommen, aber sie fühlte, dass sie sie jetzt nicht bedrängen durfte. Jasmin ging in das für sie hergerichtete Gästezimmer, zog sich aus und legte sich ins Bett. Der Gedanke, dass die Frau, in die sie sich schon in der ersten Sekunde so verliebt hatte, ihr jetzt so nah und doch wieder so fern war, machte sie fast verrückt. Damals in Carinas Büro, in dem Augenblick, als sie ihr das erste Mal in die Augen sah, verliebte sie sich Hals über Kopf in sie. Seitdem ist keine Stunde vergangen, in der sie nicht an sie denken musste.

Sie kämpfte mit sich. Wie gerne würde sie jetzt zu ihr rüber gehen, sie in den Arm nehmen und ihre warmen, weichen Lippen spüren. Sie sehnte sich nach ihrem Duft, nach dem Klang ihrer Stimme und sie hatte großes Verlangen danach, ihren ganzen Körper zu spüren. Auch wenn es ihr schwerfiel, dem Verlangen standzuhalten, so wusste sie doch, wenn das Schicksal sie zusammenführen wollte, dann würde es auch geschehen.

Carina lag ebenso wach in ihrem Bett und ihre Gefühle für Jasmin wuchsen mit jeder Minute mehr. Sie hatte eine fast unbändige Sehnsucht nach ihr und dennoch kämpfte sie mit allen Mitteln dagegen an. Immer wieder sagte sie zu sich selbst: „Es darf einfach nicht sein." Aber dieser Satz kam überhaupt nicht in ihrem Inneren an. Irgendwann schlief sie dann doch, mit einigen Tränen, erschöpft ein.

Kapitel 5

„Frühstück ist fertig, kommt ihr bitte nach unten?", rief Elfi laut nach oben.

Carina war noch etwas unausgeschlafen, aber irgendwie doch sehr ausgeglichen. Irgendetwas war in dieser Nacht mit ihrer inneren Gefühlswelt passiert. Sie hatte einen wunderschönen Traum gehabt, in dem sie nicht mehr gegen ihre eigenen Gefühle ankämpfte, sondern sie leben ließ. Dieser Traum tat ihr so gut, dass sie für sich beschloss, dieses Wochenende einfach zu genießen. Schnell hüpfte sie unter die Dusche, legte ein dezentes Make-up auf, zog ihre Jeans an, einen lässig, weiten Pulli drüber und ging frohgelaunt nach unten.

„Guten Morgen ihr Lieben, wie habt ihr geschlafen?", fragte Carina in die Runde und schenkte Jasmin dabei ein Lächeln, dass es ihr ganz warm ums Herz wurde.

„Für mich war die Nacht viel zu kurz", sagte Marcel mit einem grinsenden Gesicht und küsste ganz galant Elfis Hand. Man sah den beiden an, dass sie sich wirklich sehr lieb hatten.

„Marcel, ich bitte dich, was sollen denn unsere Gäste denken!" Elfi versuchte, empört zu wirken, musste dann aber selbst lachen.

Das Frühstück wurde zeitlich sehr ausgedehnt, man hatte sich schließlich sehr viel zu erzählen. So erfuhr Elfi nun auch, dass Carina, für eine Werbekampagne ihrer Schwester Jasmin tätig war und sie sich deshalb auch kannten.

Es war schon fast 10.00 Uhr, als Elfi an den schönen Tag erinnerte. „Wollen wir etwas zusammen unternehmen? Das Wetter soll bis zum frühen Abend so schön bleiben, danach haben sie wieder Schnee gemeldet."

„Was schlägst du vor?", fragte Carina, die sich gerade noch einen Kaffee einschenkte.

„Wir könnten zur Hütte hochgehen, uns dort eine Kleinigkeit zu essen machen und am Nachmittag mit der Seilbahn wieder runterfahren."

Begeistert stimmten alle zu und gingen somit auch dann gemeinsam an die paar Hausarbeiten. Gerade als sie das Haus verlassen wollten, klingelte das Telefon. Elfi nahm den Hörer ab. Das Gespräch verlief fast wortlos, dennoch spürte man an Elfis Stimme eine freudige Erregung.

„Leute, was glaubt ihr, wer das war? Toni Stein, der wichtigste Mann im Pressebereich Kultur und Kunst. Er will sich mit mir treffen, weil ich an der internationalen Bilderausstellung in Graz mit dabei sein soll. Was sagt ihr jetzt?" Elfi war außer sich vor Freude.

„Wann wollt ihr euch denn treffen?", fragte Marcel.

„Tja, eigentlich jetzt gleich. Würde es euch beiden etwas ausmachen, alleine zur Hütte zu gehen, und Marcel kommst du mit mir?" Elfi blickte fragend in die Runde.

Ehe Carina und Jasmin darüber nachdenken konnten, hatten sie auch schon den Schlüssel von Elfis Hütte in der Hand und sahen nur noch Elfi in ihrem kleinen, roten Auto davonfahren.

„Na, dann wollen wir mal, wenn wir bis Mittag an der Hütte sein wollen", unterbrach Jasmin die winterliche Stille und begann, sich in Bewegung zu setzen.

Jasmin wusste, dass man die Hütte nach ca. zwei Stunden Fußmarsch erreichte, denn sie war vor vielen Jahren bereits mal dort gewesen. Der Aufstieg war nicht zu anstrengend, sodass sie sich gut unterhalten konnten. Sie kamen von einem Thema zum anderen und stellten dabei fest, wie viele Gemeinsamkeiten sie doch hatten. Jasmin erzählte ihr von der Zeit, als sie die Firma ihres Vaters übernommen hatte, welche Schwierigkeiten damals auf sie zugekommen waren, dass die Firma kurz vor dem Konkurs war und wie sie dann aus dem fast pleiten Familienunternehmen ein jetzt sehr erfolgreiche Aktiengesellschaft gründete. Es waren sehr ernste Gespräche, die aber auch zeigten, welches stille Vertrauen beide zueinander hatten. Carina fühlte sich geborgen in ihrer Nähe. Sie hatte das Gefühl, als ob sie Jasmin schon ewig kennen würde.

Sie waren schon so einige Kilometer gelaufen und Carina taten nun doch schon leicht die Füße weh. Jasmin blieb plötzlich stehen, zögerte einen Moment, entschied sich dann weiter für den rechten Weg. Der Wald war ziemlich dicht, dunkel und kühl. Große, verschneite Tannen bestimmten die Vegetation. So tief im Wald war es ruhig und einsam. Das Rauschen des Windes in den

Wipfeln und ein leichtes Knarren waren die einzigen Geräusche. Carina wurde es etwas mulmig zumute. Aber sie mussten noch etwas weiter gehen, noch diesen Hang hinauf, noch ein Stück weiter nach oben. War am Ende des Weges ihr Ziel? Oder hatte Jasmin den falschen Weg gewählt? Jasmin schritt nun voraus, orientierte sich noch einmal und verließ dann den kleinen Pfad. Sie brauchte nicht lange zu suchen, der Erfolg stellte sich schon sehr bald ein. Dort stand die Hütte, unberührt und in ansehnlicher Größe. Jasmin ging zurück, wo Carina schon leicht zitternd vor Kälte auf sie wartete.

„Schau, da oben liegt die Hütte", sagte Jasmin sichtlich erleichtert, nach so vielen Jahren die Hütte doch noch gefunden zu haben.

Der Anblick war enorm. Die Blockhütte stand da ganz einsam und in viel Schnee eingehüllt. Es war eine kleine Veranda davor mit einem stabilen Holztisch und zwei Bänken. Nebenan war ein kleiner Holzschuppen, der mit Kaminholz gefüllt war. Etwas weiter oben sah man die Seilbahnstation.

„Kann das sein, dass die Seilbahn heute nicht in Betrieb ist?", fragte Carina, nachdem sie gemerkt hatte, dass sich die Seile nicht bewegten.

„Keine Ahnung. Ich schlage vor, wir gehen erst mal hinein in die Hütte, lüften einmal richtig durch, machen den Kamin an und dann stapfe ich mal rüber, um nachzusehen. Einverstanden?"

„Eine sehr gute Idee. So langsam brauche ich dann auch mal

was Heißes zu trinken, mich friert's nämlich ein wenig", sagte Carina und mummelte sich noch etwas tiefer in ihre Jacke hinein.

Die Hütte war so richtig zum Wohlfühlen eingerichtet. Auf der linken Seite befand sich eine kleine, rustikale Küchenzeile mit einer gemauerten, offenen Kochstelle. Davor war ein runder Esstisch mit vier Stühlen. Auf der rechten Seite war ein offener Kamin. Direkt davor lag ein großes Bärenfell und daneben stand eine gemütliche Sitzgruppe. Der grün-rot gemusterte Stoffbezug gab dem Ganzen eine angenehme, wohnliche Atmosphäre. Im oberen Bereich befanden sich ein kleines Bad und noch zwei weitere kleine Räume, die als Schlafgelegenheit genutzt werden konnten. Jasmin holte einige Holzscheiten aus dem Schuppen und brachte damit das Kaminfeuer zum Brennen. Danach zeigte sie Carina die Vorratskammer, die wie immer sehr gut gefüllt war.

„So, ich werde jetzt mal zur Station hochgehen und nachschauen, was da los ist. Bis ich wieder da bin, ist mit Sicherheit auch der Kaffee schon fertig, oder?", sagte Jasmin spitzbübig. Dann ging sie auf Carina zu und drückte ihr zärtlich einen Kuss auf die Nasenspitze. „Nicht weglaufen, Kleines, bin gleich wieder da", und schon war sie draußen.

Carina schaute sich in Ruhe um. Hier könnte ich mich wirklich wohlfühlen, vor allem mit Jasmin zusammen, dachte sie. Gedanken an ihren Mann Dominik schob sie weit von sich weg. An ihn wollte sie jetzt nicht denken, heute nicht. Sie machte sich daran, das Wasser für den Kaffee aufzusetzen, holte den

Schinkenspeck und das Brot aus der Vorratskammer und deckte den Tisch. In der Schublade fand sie noch ein paar Kerzen, die sie mit auf den Tisch stellte und anzündete. Carina schaute durch das kleine Fester nach draußen und sah, dass es bereits angefangen hatte zu schneien. Eigentlich war der Schneefall erst für den Abend angekündigt gewesen, aber hier in den Bergen konnte der Umschwung innerhalb von Minuten stattfinden. Langsam machte sie sich aber Sorgen. Jasmin war nun schon seit über zwei Stunden unterwegs. Carina entschloss sich, den Hang ein Stück aufwärts zu gehen. Sie zog ihren Mantel und ihre Stiefel an und ging hinaus. Der Schneefall war sehr dicht und der Weg nach oben bereitete ihr große Mühe. Trotz größter Anstrengung konnte sie nichts erkennen, weder die Bergstation noch irgendwelche Lichter.

„Was machst du denn hier draußen?", kam plötzlich eine Stimme aus dem Nichts. Carina erschrak fast zu Tode, doch es war nur Jasmin und sie war sichtlich froh, dass sie wieder da war. Sie gingen beide zur Hütte zurück, wärmten sich ein wenig am Kamin und ließen sich dann den Speck, das Brot und den heißen Kaffee schmecken. Nun erfuhr Carina auch, dass von der Bahn ein Seil gerissen war und diese deshalb nicht in Betrieb war.

„Das heißt, wir müssen wieder zu Fuß nach unten?"

„So wie es aussieht, ja, aber wir können nicht bei diesem Schneefall nach unten gehen", sagte Jasmin bestimmend. „Ich kenne mich mit diesen Witterungsbedingungen hier oben sehr gut aus und deshalb werden wir mit dem Abstieg warten müssen, notfalls bis morgen früh."

„Du meinst doch nicht etwa, dass wir heute Nacht zusammen hierbleiben müssen?" Carina schaute sie mit großen Augen an.

„Hast du Angst davor, mit mir hier alleine zu sein?" Jasmin genoss die Situation. Sie erhob sich, nahm die Flasche Wein und zwei Gläser vom Regal und setzte sich bequem aufs Sofa.

„Warum sollte ich Angst vor dir haben, ist ja wohl kindisch, oder?"

„Na also, dann setz dich her zu mir und lass uns doch einfach diesen herrlichen Rotwein zusammen genießen."

Carina ließ sich neben Jasmin auf das Sofa fallen, nahm das Weinglas, das sie ihr reichte, und prostete ihr zu. Jasmin ließ dabei ihren Blick nicht mehr von ihren Augen. Sie stellte ihr Glas zurück auf den Tisch, beugte sich zu ihr und nahm sie zärtlich in den Arm. Dabei zeichnete sie mit ihrem Zeigefinger die Konturen von Carinas Gesicht nach. Es herrschte eine erotische Spannung. Man hörte nur das brennende Holz im Kamin knistern und von draußen den Wind toben. Carina spürte, wie ihr Herz klopfte. Sie hatte plötzlich das starke Verlangen, dieser wundervollen erotischen Frau ganz nahe zu sein, noch näher, als sie es in diesem Moment eh schon war. Jasmin nahm ihr Gesicht in ihre Hände und küsste ihre warmen Lippen. Ihre Zunge ging auf Wanderschaft bis zu ihren Ohrläppchen, womit sie zärtlich spielte, bis sie dann langsam den Weg weiter nach unten fand. Sie ließ ihre rechte Hand an ihrem Hals hinuntergleiten, ganz zärtlich bis hin zu ihrem Busen. Gekonnt öffnete sie einen Blusenknopf nach dem anderen und verwöhnte sie unterdessen weiterhin mit ihrem Zungenspiel. Ihr begegnete ein angenehmer frischer, blumiger Duft, das Gefühl von Busen, Größe, Form, und die festen Nippel ihrer Brustwarzen. Carina warf ihren Kopf zurück und schloss die Augen. Jasmin streichelte nun etwas stärker ihre Brüste, die nun ganz ohne Verpackung vor ihm lagen. Carina beugte ihren Kopf hinab, sodass sich ihre Lippen berührten. Sie küsste Jasmin, zuerst sehr zärtlich, dann immer leidenschaftlicher. Ihre Zunge drang fordernd in ihren Mund. Sie fühlte noch deutlicher ihre Nippel, während sich ihre Zungen trafen. Ihre Brustwarzen erregten Jasmin, forderten mehr. Sie zog Carina ganz zart an sich. Sie wollte sie ohne irgendeinen Stoff auf der Haut fühlen, sie wollte sie ganz fühlen, mit Haut und Haar. Carinas Atem wurde schwerer. Sie fühlte Jasmins knetende Hände auf ihrer Taille. Beide rutschten von dem Sofa nach unten und ließen sich auf dem Bärenfell nieder. Jasmin entkleidete sie ganz langsam und mit jeder Minute wurde ihr Verlangen nach ihr stärker. Carina presste ihr die sanften Rundungen ihres Unterleibes entgegen und nun konnte sie auch Jasmins Feuchtigkeit fühlen. Als Jasmin ihren Schoß mit ihren weichen vollen Lippen verwöhnte, konnte Carina nur noch stöhnen und vergaß schließlich alles, was um sie herum passierte. Jasmins Zunge berührte ihre Schamlippen und umkreiste dann, fast nicht spürbar und unsagbar zärtlich ihren Lustknopf, der mittlerweile stark angeschwollen war.

Genießerisch ließ Jasmin ihre Zunge nun über Carinas äußere Schamlippen gleiten, bevor sie ihre Zungenspitze immer und immer wieder über ihren Kitzler tanzen ließ.

Carina spürte, dass sie sich dem Orgasmus immer weiter nährte. Sie wand sich vor Lust und hatte nur noch das Verlangen, endlich diese Wellen der Erlösung zu spüren. Sie spürte immer stärker Jasmins warme, weiche Zunge an ihrer empfindlichsten Stelle und die Leidenschaft war nicht mehr länger aufzuhalten. Carina streckte den Kopf in den Nacken und genoss stöhnend die Wellen eines tiefen, innigen Höhepunktes. Jasmin wurde, durch dieses Zungenspiel selbst so erregt, dass sie gleichzeitig ihren Mittelfinger über ihre eigene Lustgrotte wandern ließ. Sie rubbelte ihren Kitzler im gleichen Rhythmus wie sie mit ihrer Zunge Carinas Muschi verwöhnte. Sie durchfloss ein heftiges Zucken, genau in dem Augenblick wo Carina sich aufbäumte. Jasmin vergrub stöhnend ihren Kopf in Carinas Schoß und ließ ganz langsam die Rubbelbewegung ihrer Finger ausklingen.

Erschöpft lagen beide nebeneinander auf dem Bärenfell. Jasmin hatte ihre Augen geschlossen, ließ ihre Finger aber weiter ganz zart mit ihre eigenen Lustgrotte spielen. Schmunzelnd betrachtete Carina die neben ihr liegende Frau. Carina musterte Jasmins Oberkörper, beobachtete einige Sekunden, wie sich ihr wohlgeformter Busen beim Atmen hob und langsam wieder senkte. Markant zeichneten sich ihre Gesichtszüge ab, die dunklen, wundervoll geschwungenen Augenbrauen, die kleine Stupsnase und ihre leicht geöffneten Lippen. Ihre sonst immer ordentliche Frisur war etwas durcheinander geraten. Sie sah fast etwas verrucht aus. Jasmin hielt die Augen weiterhin geschlossen, hatte nun aber ein Lächeln auf den Lippen. Was sie wohl gerade denkt? Carina kuschelte sich fest an sie und genoss die zärtlichen Streicheleinheiten. Plötzlich wurde die Ruhe unsanft unterbrochen. Sie hörten von draußen ein Motorengeräusch.

„Carina! Jasmin! Ich bin's, Elfi, macht doch mal bitte die Türe auf!"

Jasmin fluchte beim schnellen Anziehen, was die Aktion noch länger dauern ließ als gewünscht. Jasmin hätte mit dieser, ja doch eindeutigen Situation vor ihrer Schwester überhaupt kein Problem gehabt, da sie selbst zu ihrer Neigung offen stand. Aber sie wollte Carina nicht in eine missliche Lage bringen. Und auch Carina konnte nicht gerade behaupten, dass ihr der Besuch von Elfi, gerade jetzt in diesem Moment sehr angenehm war.

„Gott sei Dank geht es euch gut", begrüßte Elfi die beiden, und konnte ein breites Grinsen nicht unterdrücken. Elfi wusste davon, dass ihre Schwester Frauen liebte, aber das auch Carina auf Frauen stand, das wusste sie nicht. „Nachdem ich erfahren habe, dass die Seilbahn nicht funktioniert und dann auch noch der starke Schneefall kam, hab ich mir wirklich Sorgen gemacht und bin deshalb gleich mit meinem Schneemobil hier raufgefahren."

So war Elfi, man musste sie einfach gern haben. Nachdem auch sie sich aufgewärmt hatte, entschieden sich alle drei dann doch dafür, noch an diesem Abend zusammen nach unten zu fahren. Mit dem Schneemobil war das auch kein Problem und außerdem wartete Marcel unten im Haus. Es war schon fast Mitternacht, als die drei endlich an Elfis Haus ankamen. Marcel hatte schon etwas Glühwein vorbereitet und nun saß man an dem kleinen Holztisch ganz gemütlich in der Küche und plauderte.

Elfi erzählte von ihrem erfolgreichen Treffen mit dem Pressevertreter und dem bekannten Galeristen und auch davon, dass sie an der nächsten Ausstellung in Rom teilnehmen sollte. Sie sprühte vor Begeisterung und so fiel es gar nicht auf, dass Carina und Jasmin eher etwas ruhig waren. Obwohl sie es nach außen hin nicht zeigten, baute sich zwischen ihnen ein inniges Band der Erotik auf. Ihre Blicke trafen sich wie rein zufällig, aber beide wussten, dass es kein Zufall war. Jasmin schaute sie mit einer gewissen Begierde an, sodass es zwischen ihren Schenkeln leicht zu kribbeln begann. Ihre Augen verrieten Carina, dass sie gerne noch einmal dieses erlebte Liebesspiel wiederholen möchte. Jasmin wollte sie noch einmal fühlen, riechen und schmecken. Sie wollte sie noch einmal ganz und voller Leidenschaft spüren. Carina merkte, dass sie diesem Verlangen nicht länger würde widerstehen können.

Schnell und etwas überhastet wünschte sie deshalb den anderen eine gute Nacht und ging nach oben in ihr Zimmer. Sie schloss die Tür von innen ab. Nein, es durfte nicht sein, sie durfte diesem Verlangen nach dieser Frau nicht weiter nachgeben.

Auch wenn es ihr noch so schwerfiel, sie durfte diese Frau nicht wiedersehen.

Kapitel 6

Es war erst kurz nach 9.00 Uhr, als Carina die Hauseinfahrt ihrer kleinen Villa in Breisach hochfuhr. Sie hatte die letzte Nacht nicht schlafen können, hatte sehr viel überlegt und gegrübelt und dann entschieden, sehr früh am Morgen das Haus von Elfi zu verlassen. Sie legte auf den Küchentisch eine kurze Nachricht, worin sie sich nochmals bei Elfi bedankte und ihr versprach, dass sie sich telefonisch bei ihr melden würde. Auch Jasmin hinterließ sie eine Nachricht, welche sie unter ihre Zimmertür hindurchschob. Sie hatte Tränen in den Augen, als sie diese Zeilen schrieb, aber sie wusste, dass es die einzig richtige Lösung war.

Liebe Jasmin,

wenn du aufwachst, werde ich schon fast zu Hause sein. Es fällt mir sehr schwer, diese Zeilen zu schreiben, aber wir werden uns nicht mehr sehen. Ich bereue unseren gestrigen Abend nicht, ganz im Gegenteil. Ich habe alles in vollen Zügen genossen, deine Lippen überall an meinem Körper zu spüren. Du hast in mir wieder Gefühle geweckt, die schon lange versiegt waren. Es war wunderschön mit dir – ich werde diesen Abend nie vergessen. Dennoch bitte ich dich, mich zu vergessen. Die Entwürfe werde ich an meine sehr kompetente Kollegin Leonie Lambert abgeben. Sie wird sich mit dir in Verbindung setzen. Bitte verstehe mich. Carina

Carina konnte nur auf ihr Verständnis hoffen, tief in ihrem Herzen brannte aber eine große Sehnsucht nach ihr. Sie nahm ihre Reisetasche aus dem Kofferraum und schlenderte langsam zur Haustür. Ihr Mann schien nicht zu Hause zu sein, wie immer. Sie hätte ihn ja auch anrufen und ihm sagen können, dass sie bereits am Morgen nach Hause kommen würde statt wie geplant am Abend. Sicher wäre er dann zu Hause gewesen. Ganz intuitiv kam ihr der Gedanke, ins Büro zu fahren und ihn zu überraschen. Keine 20 Minuten später war sie im Bürohaus, das an einem Sonntagmorgen ziemlich leer war. Carina betrat das Büro ihres Mannes. Sie roch den Duft seines Rasierwassers und trotz des Erlebnisses am Vorabend freute sie sich auf ihn. Sie sehnte sich danach, von ihm in die Arme genommen zu werden und seine Lippen zu spüren. Ganz so wie früher. Carina verließ den Büroraum und fuhr mit dem Aufzug nach oben. Wahrscheinlich hatte er wieder lange gearbeitet und im Büro übernachtet. Mit Sicherheit schläft er noch, dachte sie sich. Der Privatraum lag ebenfalls im Dachgeschoss, allerdings auf der gegenüberliegenden Seite ihres Büros. Die Bürotür stand ein wenig offen, was eigentlich unüblich war. Hatte Fabienne am Freitag vergessen abzuschließen? Oder war ihr Mann gerade in ihrem Büro? Carina betrat die Räume, konnte aber nichts Ungewöhnliches feststellen. Und auch hier war ihr Mann nicht. Sie ging über den Flur hinüber zu der Tür, die mit dem Schild „Privat" versehen war. Carina betrat die Diele und rief den Namen ihres Mannes. Leider hörte sie hierauf keine Antwort, sodass sie voller Erwartung zum Schlafzimmer ging und die Tür öffnete. Was sie da allerdings zu sehen bekam, verschlug ihr förmlich die Sprache. Da lag ihr Mann, in dem großen, breiten Bett, friedlich schlummernd, und neben ihm eine schlanke, sehr junge, blonde Frau. Carina biss sich auf die Lippen, um nicht laut aufzuschreien. Sie schloss die Tür hinter sich und ging wie in Trance zu ihrem Auto.

Sie fuhr zu dem kleinen, außerhalb der Stadt liegenden Waldstück, wo sie ihren Tränen freien Lauf ließ. Nach einiger Zeit stieg sie aus und entschloss sich zu einem längeren Spaziergang rund um den See. Es war schon sehr lange her, dass sie das letzte Mal hier gewesen war. Der See hatte sich in all den Jahren ziemlich verändert. Die Ufer waren sehr zugewuchert. Carina zwängte sich zwischen die Sträucher und stand nun vor dem großen Gewässer. Sie hatte ihn viel kleiner in Erinnerung, aber vielleicht machte es auch nur die dichte Vegetation, oder hatte sich ihre Vorstellung geändert? In der Mitte des Sees war eine kleine Holzinsel, dort war auch die tiefste Stelle. Drüben auf der anderen Seite schien in diesem Moment die Sonne direkt auf die Wasseroberfläche und der sanfte Wind säuselte im Gebüsch, aber ansonsten war es absolut still. Sie schaute sich noch einmal um, aber da war niemand.

Carina setzte sich auf die kleine Holzbank, die jemand provisorisch gebastelt hatte. Dann kamen ihr die Bilder von ihrem Mann und der jungen Frau wieder in den Sinn. Hatte er schon länger eine Beziehung? War es nur ein Ausrutscher? War es bei ihr gestern nur ein Ausrutscher gewesen? Sie saß einfach nur da und starrte auf den See. Wie lange sie dort saß, wusste sie nicht. Sie wusste auch später nicht mehr, wie sie bis nach Hause gekommen war. Sie musste aber sehr lange am See gewesen sein, denn es war schon finster, als sie zu Hause ankam. Im Haus brannte Licht. Carina zögerte. Sollte sie ihrem Mann sagen, dass sie ihn mit der anderen Frau gesehen hatte? Sollte sie ihm ihren Seitensprung beichten? Sie dachte kurz nach, entschied sich aber dafür, zuerst einmal abzuwarten. Als sie den Vorraum betrat, kam ihr Mann schon auf sie zu.

„Hallo Liebling, schön, dass du wieder da bist. Wie war es?"

Er wirkte wie immer, oder doch nicht? Carina versuchte, in seinen Augen eine gewisse Veränderung zu erkennen. Aber vergebens. Sie ging ins Wohnzimmer, zu dem großen antiken Schreibtisch, der direkt vorm Fenster stand. Sie schaute hinaus in den Garten, sprach mit ihm, ohne ihn dabei anzuschauen.

„Wie immer schön. Wir haben viel geredet und natürlich darf ich die Ausstellung von Elfi nicht vergessen. Die war natürlich eine Sensation. Was hast du so gemacht?" Carina war gespannt auf seine Antwort.

„Ich habe wie immer gearbeitet. Fast durchgehend, bis heute Nachmittag. Dann hatte ich keine Lust mehr und bin nach Hause gefahren, um auf dich zu warten."

Du bist doch ein elender Schurke, dachte Carina. Fremdgehen zählt für dich jetzt schon zum Arbeiten. Am liebsten hätte sie ihm eine kräftige Ohrfeige verpasst – aber sie stand nur da wie angewurzelt.

Dominik stand direkt hinter seiner Frau und legte fordernd seine Arme um ihre Taille. Sie stützte sich leicht am Schreibtisch ab, spürte sein nicht rasiertes Kinn in ihrem Nacken und sie spürte, wie er sich noch dichter an ihre weiblichen Rundungen drückte. Ihre Gedanken kreisten wirr in ihrem Kopf herum. Zum einen musste sie an ihr eigenes verbotenes Liebeserlebnis denken, zum anderen schossen ihr aber die Bilder der jungen, blonden Frau durch den Kopf. Je mehr sie sich vorstellte, wie diese fremde Frau ihren Mann wohl verwöhnt hatte, desto erregter wurde sie. Die Vorstellung, dass diese Frau das stramme Prachtstück ihres Mannes im Mund hatte und ihn auf diese Art und Weise verwöhnte, ließ sie fast verrückt werden. Ihre Muschi wurde allein bei dieser Vorstellung von Sekunde zu Sekunde feuchter. Obwohl sie einen unglaublichen Zorn in sich hatte, begann sie dennoch, die Berührungen ihres Mannes zu genießen. Sein harter Schritt drückte sich stark an ihren Po. Er zog ihr etwas ungestüm ihr T-Shirt über den Kopf und öffnete den rosa spitzenbesetzten BH. Zwei wundervolle kleine Brüste mit erigierten Brustwarzen kamen zum Vorschein. Seine Hände wanderten über ihren Körper. Alles andere als zart drückte er, immer noch hinter ihr stehend, unsanft ihre Brüste zusammen, er knetete sie regelrecht durch. Carina griff nach hinten, ganz unverfänglich nach seinem Hosenschlitz und öffnete den Reißverschluss, sodass sie sein Prachtstück fühlen konnte. Sie hielt das große Teil, was steinhart war, sich aber dennoch sehr weich anfühlte, in ihrer Hand. Sie wollte seinen Liebesbolzen verwöhnen, aber er drückte ihren Oberkörper nach vorne herunter und spreizte mit seinen Füßen ihre Beine. Ohne weiteres zärtliches Vorspiel schob er ihren schmalen Slip ein Stückchen zur Seite. Ihre Pobacken wurden sichtbar und auch ihre rosarote Spalte. Dann zog er den Slip mit einem Ruck nach hinten, sodass dieser die beiden Schamlippen teilte. Er schob von hinten seine Hand in ihren Schritt. Zupfte genüsslich an ihren Schamlippen, erst die eine, dann die andere, dann beide zusammen. Aus Carinas Liebesgrotte tropfte der Liebessaft. Dann begann er von hinten ihren Lustknopf zu massieren. Sein Rubbeln wurde immer härter, bis sie dachte, es nicht mehr aushalten zu können. Es war kein zärtliches, sondern ein sehr forderndes Streicheln, was sie in diesem Moment aber noch viel mehr erregte. Carina hätte es jetzt genossen, wenn er sie zart mit seiner Zunge verwöhnte, aber er hatte keinen Sinn dafür, diese rosarote feuchte Lustgrotte auf zärtliche Art zu verwöhnen. Ihm stand heute der Sinn auf die härte Art und da musste nun mal auch mal die Liebesspalte durch. Dominik hielt sich nicht weiter mit dem Vorspiel auf. Carina war zum Glück schon so nass, dass er gleich eindringen konnte. Er schob seinen Lustpfahl zwischen ihre Beine und ließ es in ihrem Dreieck verschwinden. Er bewegte sich einige Male sehr heftig hin und her, zog ihn dann aber wieder heraus. Dominik wollte die Situation genießen, auf seine Art. Er drehte Carina ganz langsam um, sodass er ihr in die Augen sehen konnte. Nahm sie an der

Taille, hob sie etwas hoch und setzte sie mit ihrem blanken Po auf den Schreibtisch. Dann drückte er ihren Oberkörper sachte nach hinten. Der Schreibtisch war sehr hart und Carina fühlte sich ihm, in dieser Position total ausgeliefert. Aber es ängstigte sie nicht, im Gegenteil, sie war gespannt, was er nun mit ihr machen würde. Diese Ungewissheit erregte sie immer mehr. Dominik drückte ihre Schenkel auseinander. Er sah in ihr Gesicht. Seine Gier sprach aus seinen Augen. Er küsste sie ungewohnt zart auf den Mund, dann ließ er seine Zunge an ihrem Hals ganz langsam nach unten gleiten. Er bewegt die Zunge bis zu ihrer Muschi, ohne diese zu berühren, ging dann langsam wieder nach oben und knabberte an ihren Ohrläppchen. Carina hielt es nicht mehr aus, das war Folter mit purer Zärtlichkeit. Sie wollte Erlösung, sie wollte nun endlich ihren Orgasmus. Sie legte ihre Hand auf ihre nasse Muschi und begann sie zu streicheln. Doch Dominik griff sehr fest ihr Handgelenk und drückte ihren Arm nach oben. Ihre Erregung fing an weh zu tun. Sie legte die andere Hand um ihn und versuchte ihn zu sich zu ziehen aber er sträubte sich. Er tauchte wieder tiefer mit seinem Kopf. Seine Lippen bewegten sich über ihren Hals, ihre Brust, saugten fest an den Nippel bis sie leicht aufschrie vor Lust, leckte weiter am Bauch entlang bis nach unten zwischen ihre Schenkel.

„Oh Gott, nimm mich bitte", seufzte Carina. Aber Dominik begann an diesem Spiel nun erst so richtig seinen erotischen Spaß zu bekommen. Er zog langsam seinen Gürtel aus der Hose, drückte beide Arme von Carina nach oben und band diese mit dem Gürtel zusammen, ganz leicht ohne Druck. Carina hätte ihre Hände problemlos aus der Schlaufe ziehen können, aber das wollte sie gar nicht, sie genoss das Spiel, ein Spiel des Ausgeliefertseins. Seine Hände, seine Fingerspitzen, streichelten über ihre Hüften und nähert sich langsam, quälend langsam, ihren Leisten. Dann endlich vergrub er seinen Kopf zwischen ihre Schenkel und ließ seine Zunge, nur ein einziges Mal, mit einer gewissen Härte, über ihren Kitzler gleiten. Carina stöhnte laut auf vor Lust. Noch einmal küsste er sie auf den Mund bevor er sich dann ausgiebig der rosaroten, glattrasierten Muschi widmete. Er leckte, saugte und knabberte an ihrer Lustperle, während er die Liebesgrotte gleichzeitig mit seinen Fingern ausfüllte. Mit der anderen Hand massierte er ganz zart die kleine Öffnung am Po. Die weiche Haut und der Duft ihrer Lustgrotte erregten ihn so, bis auch er es nicht mehr aushalten konnte. Er packte mit beiden Händen ihre Taille und ließ seinen Zauberstab zuerst ganz langsam cm für cm in ihrer Spalte verschwinden. Dann aber forderte er mit heftigen Stößen sein männliches Recht. Aber auch Carina kam voll auf ihre Kosten. Sie schrie vor Schmerz, aber noch mehr vor Verlangen und Lust. Sie genoss in diesem Moment genau diese etwas härtere Art der Liebe, obwohl sie eigentlich die zärtliche Version bevorzugte. Stöhnend und völlig befriedigt befreite sich ihr Mann von ihren Beinen mit denen sie seinen Körper umschlang. Er zog sich wortlos an und es war so, als wenn eben nichts geschehen wäre. Kein Wort über die fremde Frau, kein Wort über ihr Abenteuer.

Carina versuchte, ruhig zu bleiben. Sie versuchte ihre Gedanken und ihre Gefühle zu sortieren. Aber das war fast unmöglich. Ihr Mann verließ den Raum und sie stand nur da, nackt und sprachlos.

Okay, gleiches Recht für beide, dachte sie dann und wusste aber im gleichen Moment, dass sie mit dieser Aussage nur ihr Gewissen beruhigen wollte.

In ihr entstand plötzlich, trotz der sexuellen Erfüllung und des intensiven Höhepunktes, eine Leere, einfach nur eine große Leere.

Kapitel 7

Die nächste Zeit verging für Carina mit Gefühlen von Höhen und Tiefen. Sie hatte direkt nach der Rückkehr aus der Schweiz die Entwürfe „Berger" an ihre Kollegin Leonie abgegeben. Dennoch konnte sie Jasmin nicht vergessen. Je mehr sie versuchte, sie aus ihren Gedanken zu streichen, desto größer wurde die Sehnsucht nach ihr. Und diese Sehnsucht wurde besonders schlimm in der Zeit der Weihnachtsfeiertage. Carina verbrachte die gesamten Feiertage bei ihren Eltern auf Mallorca. Allerdings ohne ihren Mann. Der zog es vor, mit einigen Geschäftspartnern in den Skiurlaub zu fahren. Das Verhältnis zwischen ihr und ihrem Mann war in den letzten Wochen sehr kühl geworden. Es lag eine Spannung zwischen ihnen, die nicht darauf schließen ließ, dass es sich hierbei um romantische Gefühlsspannungen handelte. Es war übrigens an jenem Nachmittag, als sie aus der Schweiz zurückgekommen war, das letzte Mal gewesen, dass sie Sex zusammen hatten. Die nachfolgende Zeit sah sie ihren Mann sehr wenig, er hatte immer geschäftliche Termine. So verkündete er ihr auch kurz vor Weihnachten, so ganz beiläufig zwischen Tür und Angel, dass er über die Feiertage und Silvester mit Geschäftspartnern nach St. Moritz fahren würde. Kein Wort darüber, ob sie mitfahren wolle oder was sie machen würde. Nichts! Für ihn war es beschlossene Sache. Das sollte also das erste Weihnachten ohne ihn sein? Da ihr Mann dies so bestimmt zu ihr sagte, versuchte Carina erst gar nicht, ihn umzustimmen oder darum zu bitten, dass sie beide doch diese Tage zusammen verbringen sollten. Für sie wäre dies eigentlich selbstverständlich gewesen. Weihnachten verbrachte man mit dem Ehepartner. Carina überlegte nach dieser Enttäuschung auch nicht lange und buchte kurzfristig einen Flug nach Mallorca.

Ihre Eltern hatten sich vor einigen Jahren dazu entschlossen, ihren Altersruhesitz in wärmere Gefilde zu verlegen, und sie hatten sich deshalb ein kleines Häuschen im Süden der Insel gekauft. Es lag am Rande eines kleinen Fischerdörfchens, unweit einer kleinen Sandbucht. Carina genoss die Tage bei ihren Eltern. Sie verbrachte viele Stunden in der kleinen Bucht und hoffte, Klarheit in ihr Gefühlschaos zu bekommen. Aber es gelang ihr nicht. Zu oft musste sie an Jasmin denken, zu oft an diesen schönen Abend in der Hütte, an den langen Fußmarsch, an die intensiven Gespräche und an die gemeinsame Brotzeit. Bei den erotischen Gedanken, wie Jasmin sie verwöhnt und gestreichelt hatte, wäre sie am liebsten direkt zu ihr gefahren. Aber es durfte nicht sein und so widerstand sie jeder Versuchung, ihn anzurufen oder ihn zu treffen. Die ersten beiden Wochen nach ihrem wunderbaren Erlebnis rief Jasmin einige Male in ihrem Büro an. Sie aber ließ sich stets durch ihre Sekretärin Fabienne verleugnen. Danach kamen von ihr keine Anrufe mehr.

Seit 14 Tagen war sie nun wieder aus Mallorca zurück, befand sich mitten in ihrem Alltags- und Arbeitstrott und an ihrem Gefühlschaos hatte sich nichts geändert. Im Gegenteil. Als von Jasmin eine Mail mit einem kleinen Gedicht kam, war das Chaos noch größer als zuvor.

Liebe Carina,

ich habe Angst davor, dich zu verlieren, die Zeit mit dir war einfach zu schön. Du bist alles, was ich brauche, du bist alles, wofür ich lebe.

Du bist der Stern, der mich durch die Nacht leitet, du bist die Sonne, die meine Tage erwärmt. Lass auch mich deine Tage erwärmen, gerne möchte auch ich dein Stern sein, der dich durch die Nacht leitet.

Ich weiß, wenn ich dich verliere, verliere ich auch mich.

Bitte, lass uns in Kontakt bleiben – ich liebe dich.

Dein Jasmin

Carina druckte die Mail aus und las die Zeilen immer wieder und wieder. Sie hatte Herzklopfen. Was sollte sie tun? Auch diesen Kontaktversuch wieder ignorieren? Ihr zurückmailen?

Auf was sollte sie hören – auf ihren Verstand, auf ihr Herz? Carina kam sich vor wie in einem Labyrinth, ohne Ausweg. Letztendlich entschied sie sich aber dafür, die Mail mit ihrem Herzen zu beantworten, obwohl ihr Verstand dringend davon abriet.

Liebe Jasmin,

deine Mail ging mir ganz schön zu Herzen. Seit unserer ersten Begegnung gehst du mir nicht mehr aus dem Sinn. Ich denke gerne zurück an unsere Wanderung zur Hütte. Wir haben beim Aufstieg viel geredet und es ist toll, denn ich kann mit dir über alle Themen reden. Auch, wenn wir nicht immer einer Meinung sind, wir akzeptieren jeweils die Meinung des anderen. Ich liebe die Gespräche mit dir, seien es ernste oder auch sehr gefühlvolle Themen. Du kannst vor allem wunderbar zuhören.

Vielleicht war es an diesem Abend der Wein oder auch nur die angenehme Atmosphäre? Es gab einen Moment, da fühlten wir beide, dass wir uns sehr nah spüren wollten. Das war weder von mir noch von dir vorher so geplant. Aber manchmal geht das Leben halt seinen eigenen Weg und gegen Gefühle kommt man eben nur selten an.

Als du anfingst, mich zärtlich zu küssen, hätte ich Stopp sagen müssen. Aber es war einfach zu schön. Ich genoss es sehr, deine Küsse, deine Streicheleinheiten und die zärtlichen Gesten. Ich war zwischen meinen eigenen Gefühlen hin- und hergerissen. Einerseits hatte ich diese große Lust, mit dir sehr intim zu sein, andererseits aber war da die Angst, dass danach nichts mehr so sein würde, wie es mal war, und schließlich bin ich ja auch gebunden.

Dennoch, du warst so unendlich zärtlich, dass ich dann doch meinen Gefühlen nachgegeben habe. Es war wirklich sehr schön mit dir und es wird für mich immer eine unvergessliche Nacht bleiben. Du hast in mir ein ziemliches Gedanken- und Gefühlschaos angerichtet und ich weiß nun auch, dass ich dich von ganzem Herzen liebe. Aber – unsere Liebe hat keine Zukunft, solange man nicht wirklich frei ist für den anderen. In Gedanken werde ich immer bei dir sein.

Ein inniger Kuss, deine Carina

Carina versuchte, wie auch schon in den letzten Tagen, sich mit Arbeit abzulenken. Doch das war leichter gesagt als getan. Nicht nur ihr Gefühlsleben war angeschlagen, nein, hinzu kam noch, dass es ihr schon seit Tagen auch körperlich nicht so gut ging. Genau genommen eigentlich seit ihrer Rückkehr aus Mallorca.

„Carina, ich habe für 19.00 Uhr bei Dr. Kampen noch einen Termin für Sie bekommen", teilte ihr Fabienne besorgt mit.

„Danke, Fabienne. Sie werden sehen, der Blut- und Urintest sind in Ordnung, Dr. Kampen gibt mir eine Spritze und ein paar Tabletten und dann bin ich ganz schnell wieder auf dem Damm. Wahrscheinlich habe ich mir nur einen Virus eingefangen und deshalb geht es mir nicht so gut."

Pünktlich, wie man es von ihr gewohnt war, saß Carina im Wartezimmer des alten Hausarztes Dr. Kampen. Er war schon ihr Hausarzt gewesen, als sie noch ganz klein war, und kannte sie somit natürlich auch sehr gut. Er war wie ein Vater zu ihr und wie oft hatten sie schon über Dinge gesprochen, die weit über gesundheitliche Themen hinausgingen. Sie musste gar nicht lange warten, da wurde sie auch schon in das Arztzimmer gebeten.

„Hallo Carina, wie schön, dich mal wieder zu sehen", begrüßte Dr. Kampen sie in seiner väterlichen Art. Erst nachdem Carina ihm ausführlich von dem Befinden ihrer Eltern berichtet und ein wenig über ihren weihnachtlichen Aufenthalt auf Mallorca erzählt hatte, kam Dr. Kampen auf ihre Gesundheit zu sprechen.

„Tja, liebe Carina, die Ergebnisse von der Blutabnahme und auch von dem Urintest habe ich heute Morgen von unserem Labor bekommen. Alle Werte sind in Ordnung, somit also kein Grund zur Aufregung."

»Hab ich's mir doch gedacht, dass es nur eine Magenverstimmung oder ein Virus ist. Eine deiner Spritzen, ein paar Tabletten und ich bin schnell wieder topfit", sagte Carina sichtlich erleichtert.

„Na ja." Dr. Kampen schaute über den Rand seiner Brille und fing an zu schmunzeln. „Hier wird keine meiner Wunderspritzen helfen. Mit dieser Magenverstimmung wirst du dich die nächsten neun Monate anfreunden müssen. Du bekommst ein Baby, Carina – herzlichen Glückwunsch."

Moment mal, hatte sie da richtig gehört? Ein Baby? Wie Frauen aber nun manchmal so sind, wollte sie zuerst den Beweis sehen, bevor sie es tatsächlich glaubte. Aber die Ergebnisse der Tests waren eindeutig. Normalerweise hätte Carina jetzt einen Freudenschrei ausgestoßen und wäre Dr. Kampen sicherlich auch um den Hals gefallen. Sie wäre absolut aus dem Häuschen gewesen bei dieser Nachricht. Ein Baby, sie hatte schon nicht mehr daran geglaubt.

„Du freust dich ja gar nicht", bemerkte Dr. Kampen überrascht, denn er wusste von ihrem innigen Kinderwunsch. „Was ist los, Carina? Probleme in der Ehe?"

Da Carina die letzte Patientin war, hatte Dr. Kampen Zeit, ihr zuzuhören. Carina erzählte ihm von der momentanen Krise. Davon, wie ihr Mann sich seit ein paar Monaten verändert hatte, von seinem Seitensprung oder Affäre und von dem alleinigen Kurzurlaub über die Feiertage. Da sie aber nicht die Art Frau war, die zuerst die Schuld anderen zuschob, erzählte sie auch von ihrer Affäre und ihren Gefühlen für Jasmin. Ihr liefen die Tränen beim Erzählen übers Gesicht. Dr. Kampen hörte einfach nur zu, ohne sie auch nur einmal zu unterbrechen.

„Was soll ich tun? Ich erwarte ein Kind von dem Mann, der keine Liebe mehr für mich empfindet. Soll ich nur wegen des Kindes mit einem Mann zusammenbleiben, den ich nicht mehr liebe? Soll ich mich gegen das Kind entscheiden und das Kind abtreiben lassen oder die schwere Last einer alleinerziehenden Mutter auf mich nehmen und mich von meinem Mann trennen?"

Ihre scheinbar heile Welt schien nun ganz aus den Fugen zu geraten. Dazu kam noch die Angst, wegen des Kindes auch noch die Frau zu verlieren, der eigentlich ihr Herz seit einiger Zeit gehörte. Carina blieb an diesem Abend sehr lange bei Dr.

Kampen. Sie redete sich alles von der Seele, alles, was sich in den letzten Monaten in ihr aufgestaut hatte.

Es war schon fast Mitternacht, als sie nach Hause kam. Es brannte kein Licht im Haus, was bedeutete, dass ihr Mann entweder noch nicht zu Hause war oder schon schlief. Carina vermutete das Erste und sollte recht behalten, als sie ins Schlafzimmer kam und dort ein leeres Ehebett vorfand. Sie zog sich aus, duschte noch und ging zu Bett. Morgen würde sie ihrem Mann die Baby-Nachricht überbringen – dann würde man weitersehen. Mit diesem Gedanken schlief sie nach einigen Stunden dann doch endlich ein.

Kapitel 8

Carina war am nächsten Morgen bereits sehr zeitig im Büro. Ihr Mann war allerdings noch nicht im Hause. Sie hinterließ ihm durch seine Sekretärin eine Nachricht, dass sie ihn dringend sprechen müsse und er sich bitte bei ihr melden solle, sobald er im Büro sei. Es war gegen 11.00 Uhr, als Dominik in ihr Büro kam.

„Hallo Carina, du wolltest mich sprechen?" Die Frage kam so nüchtern, als ob sie Geschäftskollegen wären, und selbst da war mehr Gefühl zu spüren.

„Meinst du nicht, wir sollten mal miteinander reden? Du bist keine Nacht mehr zu Hause, wir verbringen kein Wochenende mehr zusammen und von Liebe ist im Moment ja wohl auch nichts mehr zu spüren." Carina schaute ihren Mann mit traurigen Augen an. Sie hoffte innerlich immer noch, er würde auf sie zukommen, sie in den Arm nehmen und ihr sagen, dass das alles nicht so sei und dass alles wieder so würde wie am Anfang ihrer Beziehung. Sie war sehr konservativ erzogen worden und so hatte der Bund der Ehe auch eine gewisse Bedeutung für sie.

„Ja, du hast recht, Carina. Ich wollte dir die ganze Zeit schon etwas sagen, vielleicht ist jetzt der richtige Zeitpunkt."

„Für was ist jetzt der richtige Zeitpunkt?", fragte Carina irritiert.

Dominik fiel es nun doch schwer, seiner Frau in die Augen zu sehen. „Carina, ich werde mich von dir trennen, ich liebe eine andere Frau."

Carina traute ihren Ohren nicht. Was hörte sie eben? Trennung, eine andere Frau? Sie hatte plötzlich das Gefühl, als verliere sie den Boden unter den Füßen. „Bitte sag, dass das nicht wahr ist." Carinas Augen füllten sich mit Tränen. „Bitte, Dominik, sag, dass ich das nur träume!"

„Es tut mir leid, Carina, das ist kein Traum, sondern Realität." Mit diesen Worten verließ Dominik das Büro seiner Frau und machte Fabienne Platz, die in diesem Moment das Büro betreten wollte.

„Oh Gott, Carina, was ist denn passiert? Kommen Sie, setzen Sie sich erst mal hierher!"

Carina, mittlerweile kreidebleich, setzte sich auf den Stuhl und schaute Fabienne mit tränengefüllten Augen an.

„Er hat mich soeben verlassen", kam es fast lautlos aus ihrem Mund.

„Das habe ich kommen sehen!" Fabienne holte eine Decke und legte sie um ihre Schultern. „Ich werde Sie jetzt erst mal nach Hause fahren und dann ins Bett stecken. Sie sehen ja aus wie der Tod persönlich."

Wenn Fabienne sich etwas in den Kopf gesetzt hatte, dann führte sie es auch durch. Und so lag Carina eine Stunde später zwar nicht im Bett, aber auf der Couch. Fabienne kochte einen Kaffee und setzte sich dann zu ihr.

„Fabienne, Sie sagten vorhin, das hätten Sie kommen sehen. Was meinten Sie damit?" Carina hatte sich wieder etwas gefangen und wollte nun doch die Wahrheit erfahren.

Fabienne überlegte noch, entschied sich dann aber, Carina das zu sagen, was sie wusste. „Ihr Mann hat schon seit Jahren irgendwelche Affären. Mal für eine Woche, mal für einen Monat oder auch nur mal für eine Nacht. Die jetzige Affäre geht allerdings schon seit Oktober. Seit dem Firmenjubiläum, wo hier die große Feier war. Es tut mir so leid für Sie, Carina."

Carina konnte sich erinnern. Es war die Feier zum 10-jährigen Bestehen ihrer beiden Unternehmen. Es waren sehr viele Kunden und andere Geschäftspartner eingeladen und natürlich auch gekommen. Diese blonde, junge Frau, für die ihr Mann sie heute verlassen hatte, war damals in Begleitung eines sehr seriös wirkenden, gut aussehenden, älteren Herrn gekommen. Ihr Mann hatte sehr oft mit ihr getanzt, das war ihr schon aufgefallen, aber sie hatte sich nichts dabei gedacht. Sie war an diesem Abend auch viel zu sehr damit beschäftigt gewesen, sich um die anwesenden Gäste zu kümmern.

„Jeder hat es gewusst, nur ich nicht", sagte Carina sehr leise, aber Fabienne konnte es doch hören. „Fabienne, was habe ich falsch gemacht?"

„Nichts, absolut nichts, Carina. Ihr Mann kommt mit einer Frau alleine nicht aus, das ist sein Problem. Das wird auch seine Neue bald zu spüren bekommen. Ich denke aber, dass er irgendwann zu Ihnen zurückkommen wird."

„Darauf kann und möchte ich nicht warten. Das Ungewisse, das stehe ich nicht durch, Fabienne. Er hat die Trennung gewollt, er wird sie bekommen, mit allen Konsequenzen. Im Übrigen erwarte ich ein Kind von ihm. Er weiß es allerdings noch nicht. Und bitte, Fabienne, er soll es vorerst auch noch nicht erfahren. Ich habe mich entschieden, ich werde dieses Kind bekommen, es ist schließlich auch mein Kind."

Carina spürte, wie ihre eigenen Worte ihr eine unglaublich große Kraft gaben. Sie wusste zwar, dass diese nächsten Monate eine sehr harte Zeit sein würden, aber sie wusste jetzt auch, dass diese Entscheidung, nämlich ein JA zu ihrem Kind, auch die richtige Entscheidung war.

Carina war am nächsten Morgen sehr früh in ihrem Büro. Sie hatte sehr viel zu erledigen, zu organisieren und zu klären. In solchen Situationen merkte man, dass sie als Sternzeichen „Widder" war. Geduld war nicht ihre starke Seite und wenn sie sich etwas vorgenommen hatte, dann setzte sie ihre Vorhaben meistens auch sehr schnell in die Tat um, ohne sich groß Zeit zu nehmen, ihr Handeln erst mal genau zu überlegen. Sie hatte in dieser Nacht einige Entscheidungen getroffen, zu denen heute auch schon die ersten Schritte gemacht werden mussten.

„Du wolltest mich sprechen, Carina." Dominik stand in der Tür, die Hände in seinen Hosentaschen.

„Ja, das stimmt", sagte Carina selbstbewusst. „Du hast mir gestern gesagt, dass du dich trennen möchtest. Ich stimme der Trennung zu, möchte aber im Eilverfahren geschieden werden. Im Übrigen werde ich mit meinem Büro schnellstmöglich ausziehen, ich habe hierfür schon einen Makler beauftragt. Das Haus überlasse ich gerne dir, wir werden hierfür sicher eine faire finanzielle Regelung finden."

Dominik stand immer noch in der Tür, immer noch die Hände in der Hosentasche, nur seine Gesichtsfarbe war etwas fahler geworden. „Carina, ich weiß, dass du in allem sehr gerecht und fair bist, deshalb würde ich vorschlagen, wir gehen heute Abend zusammen essen, regeln alles, sodass wir in kürzester Zeit geschieden sein können."

Als Dominik das Büro wieder verlassen hatte, musste sich Carina erst mal setzen. Dieses Gespräch hatte sie doch mehr Kraft gekostet, als sie es hätte zugeben wollen. Sie spürte, dass ihm nichts mehr an ihrer Ehe lag. Es stimmte sie zum einen traurig, zum anderen war sie erleichtert, denn der Trennungsschritt fiel ihr somit etwas leichter.

Am Abend trafen sie sich wie vereinbart beim Italiener. Giovanni führte sie beide wie immer zu ihrem Tisch. Es wird heute wohl das letzte Mal sein, dachte Carina. Das Essen verlief entsprechend der Situation – kühl, sachlich und emotionslos. Sie einigten sich relativ schnell über die einzelnen Dinge und man sah Dominik an, wie erleichtert er war, als alles geregelt war.

„Jetzt stell dir mal vor, Carina, wir hätten Kinder. Dann hätten wir uns nicht so schnell einig werden können", sagte Dominik und erhob das Glas.

Carinas Blicke sprachen Bände. Ihr Herz krampfte sich zusammen und sie musste hart mit sich kämpfen, dass ihr nicht die Tränen kamen. Am liebsten hätte sie es laut herausgeschrien, dass sie bereits schon sein Kind unter ihrem Herzen trage. Aber sie musste heute noch durchhalten. Sie wollte auf keinen Fall, dass ihr Mann vor der Scheidung von dem Kind erfuhr.

„Ja, wie recht du doch hast. Hätten wir jetzt Kinder, dann hätten wir uns nicht so schnell einig werden können." Carina trank aus ihrem Glas, ohne ihrem Mann dabei in die Augen zu schauen.

Kapitel 9

Die nächsten Wochen vergingen wie im Fluge. Carina bezog bereits Anfang März ihre neuen Räume. Der Makler war sehr schnell fündig geworden und Carina brauchte nicht lange, um sich für den Kauf des Objektes zu entscheiden. Es war ein kleines Häuschen am Rande der Stadt, absolut im Grünen gelegen, in welches sie sich sofort verliebt hatte. Das kleine Anwesen hatte einen wunderschönen Garten, der sehr gepflegt und auch schon schön eingewachsen war. Von der großen Terrasse aus hatte man freien Blick auf einen kleinen See. Es war ein typisches kleines Fachwerkhäuschen, außen und innen mit je einem offenen Kamin. Der Innenbereich hatte einen sehr rustikalen Charme, den Carina besonders liebte. Es gab zwei Etagen sowie ein Dachgeschoss, welches noch ausgebaut werden konnte. Die Büroräume hatte Carina im Erdgeschoss eingerichtet und im Obergeschoss dann ihre kleine, aber sehr gemütliche Wohnung. Carina war die letzten Wochen mit voller Hingabe mit dem Einrichten beschäftigt gewesen und war mit dem Ergebnis eigentlich sehr zufrieden, obwohl hier und da noch eine Kleinigkeit fehlte. Fabienne war natürlich mit ihr und dem Büro umgezogen, sodass sich diesbezüglich für sie nichts änderte.

Carina besprach gerade mit Fabienne die Vorbereitungen für die bevorstehende Einweihungsfeier, als es an der Tür klingelte.

Fabienne öffnete und bat die Besucherin in Carinas Büro.

„Hallo Carina", kam da eine lustige Stimme um die Ecke, „ich bin es, Leonie, deine Lieblings-Vertretungs-Kollegin, die du wohl schon ganz vergessen hast."

„Leonie, das ist ja schön, dich zu sehen. Oh Gott, dich hatte ich wirklich in dem ganzen Trubel vergessen. Bitte verzeih mir."

Carina freute sich riesig über den Besuch ihrer Kollegin und auch sehr guten Freundin. Sie kannten sich beide von der Uni her und hatten den Kontakt immer aufrechterhalten. Sie hatten die gleichen Ansichten und in vielen persönlichen Dingen auch die gleiche Meinung, sodass es mehr schon eine Selbstverständlichkeit war, dass sie beide sich untereinander aushalfen.

„Ist schon okay. Von deinem Mann, sorry, von deinem Exmann habe ich erfahren, dass ihr seit letzter Woche bereits geschieden seid. Ging ja ziemlich schnell, oder?", fragte Leonie, die genau wusste, wie lange man eigentlich auf einen Scheidungstermin warten musste.

„Na ja, diesmal habe ich meine Beziehungen wirklich schamlos ausgenutzt, gebe ich ja auch offen zu", lachte Carina, „und deshalb ging die Scheidung auch so wahnsinnig schnell und unkompliziert über die Bühne. Durch die Kürze war auch keine Zeit für Streitigkeiten, so sind wir Gott sei Dank nicht im Zorn auseinander gegangen. Es hört sich komisch an, aber wir sind Freunde geblieben."

Leonie legte ihre Hand auf Carinas Bäuchlein und bemerkte lächelnd: „Das hat dein Ex mir allerdings nicht verraten, dass du ein Baby bekommst."

„Konnte er auch nicht. Er weiß es ja nicht einmal!"

„Wie bitte, er weiß nicht, dass er Vater wird? Carina, du machst jetzt Scherze, oder?"

„Nein, ich habe es ihm nicht gesagt. Er will keine Kinder, also warum ihn dann mit so einer Nachricht belasten? Spätestens bei der Einweihungsfeier in zwei Wochen wird er es ja sehen, sofern er überhaupt kommt."

„Na, du hast ja Nerven! Aber es ist auch ganz allein deine Sache, ob und wem du es sagst. Aber das Gesicht würde ich schon gern sehen, wenn er dein Bäuchlein sieht."

„Übrigens, Leonie, ich habe gerade gestern erst mit Fabienne darüber gesprochen, dass ich meine Projekte doch nun etwas reduzieren muss. So langsam wird es anstrengend für mich, denn der kleine Zwerg fängt doch tatsächlich an, sich zu behaupten." Dabei streichelte sie zart über ihren Bauch, der tatsächlich nun schon eine etwas rundere Form angenommen hatte. „Kannst du mich die nächsten Monate etwas unterstützen und das ein oder andere Projekt bzw. die zeitlich länger dauernden Projekte übernehmen?"

„Na, du kennst mich doch. Klar mache ich das, und auch sehr gerne." Leonie war zwar zuerst total überrascht von der Baby-Nachricht, freute sich aber mit Carina und stand ihr als

Vertretung und Unterstützung natürlich sofort zur Verfügung.

„Apropos Projekt. Was macht eigentlich die Produkteinführung von Jasmin Berger?" Carina spürte, wie sie bei ihrer eigenen Frage leichtes Herzklopfen bekam.

„Ja, das ist eigentlich auch der Grund, warum ich hier kurz vorbeigekommen bin. Heute Morgen war der Präsentationstermin der Werbekampagne. Jasmin Berger war total begeistert und wollte den zweiten Entwurf sofort umsetzen. Aber zwei Herren vom Vorstand waren dagegen und so wurden sie sich nicht einig. Na ja, die Art Kunden kennst du ja."

„Und, wie geht es weiter, was hast du Jasmin und dem restlichen Vorstand denn vorgeschlagen?"

„Frau Berger schüttelte bei der Argumentation der beiden Herren nur ungläubig den Kopf und erklärte ziemlich unmissverständlich, dass sie diesen Werbeaktion mit uns als Partner durchziehen werde. Aber die Herren wollten nochmal eine andere Version sehen. Frau Linder ging, einfach um Frieden zu bewahren, hierauf ein und gab mir für einen neuen Entwurf nochmal 4 Wochen Zeit. Sollten die beiden Herren allerdings diesem wieder nicht zustimmen oder gefällt dieser neue Entwurf Frau Linder nicht, wird automatisch der jetzige, aktuelle Entwurf genommen."

„Was hältst du persönlich von dieser Situation?"

„In meinen Augen sind die Herren mit äußerster Vorsicht zu genießen. Sie hatten untereinander diesen gewissen Blick und ich würde den beiden, ehrlich gesagt, alles zutrauen. Irgendwie habe ich das Gefühl, die arbeiten mit der Konkurrenz zusammen und Jasmin ahnt nichts davon. Eigentlich ist es so schade, denn dieser zweite Entwurf war ja dein Entwurf, den du schon komplett fertiggestellt hattest. So wie es scheint, haben du und Frau Linder den absolut gleichen Geschmack. Hat man selten so etwas. Ich dachte vor der Präsentation, klarer Fall, kann nix schief gehen, aber falsch gedacht."

„Tja, es geht leider nicht alles so, wie wir es immer wollen, Frau Kollegin. Aber bitte, gib Frau Linder einen Tipp was deine Vermutung angeht."

„Ok, mache ich. Aber wenn du wieder mal so eine super symphatische Kundin hast, wie diese Frau Berger eine ist, einfach zu mir rüberschicken, ich habe ein großes Herz, weißt du ja." Leonie lachte über ihren eigenen Satz.

„Das weiß ich wohl, liebe Kollegin, aber das war eine Ausnahme", antwortete Carina und freute sich, in Leonie eine so gute Freundin gefunden zu haben.

„Carina, darf ich dich mal was ganz Persönliches fragen?"

„Was möchtest du denn wissen?"

„Warum hast du das Projekt „Berger" eigentlich an mich abgegeben. So einen Auftrag gibt man doch nicht so einfach weiter?"

Carina holte tief Luft. Bisher hatte sie über Jasmin nur mit Dr.

Kampen gesprochen und er unterlag der Schweigepflicht. Sollte sie Leonie von ihren Gefühlen erzählen oder wäre es besser, weiter zu schweigen? Aber für was hatte man eine Freundin, wenn nicht dafür?

Und so erzählte Carina ihr die ganze Geschichte. Nur die Stunden der absoluten Zärtlichkeit oben in der Hütte, die behielt sie für sich. Leonie hörte ihr aufmerksam zu.

„Tja, nun weißt du, warum ich die Arbeitsmappe an dich abgegeben habe."

„Du bist nicht über beide Ohren in sie verliebt, oder?", fragte Leonie, die in allem sehr tolerant und offen ist, mit einem Lächeln auf den Lippen.

„Wie kommst du denn darauf?"

„Na ja, du hättest eben mal den Glanz in deinen Augen sehen sollen, als du von ihr erzählt hast. Ich kann dich gut verstehen, Carina, mir hätte sie auch sehr gut gefallen, aber ..."

„Aber was?"

„Ich stehe auf Männer, das weißt du doch. Aber wenn sich das mal ändert, dann könnte ich mir so eine Frau an meiner Seite schon vorstellen. Sicher hat Frau Linder eine Partnerin, so jemand bleibt nicht alle alleine."

Carina spürte in diesem Moment eine gewisse Traurigkeit. Diese Bemerkung eben machte ihr doch mehr aus, als sie es zugeben würde. Aber war es nicht ganz natürlich, dass eine

Frau sich wieder verliebte? Sie selbst hatte den Kontakt doch abgebrochen, nicht Jasmin. Also warum fing sie jetzt an, sentimental zu werden? Sie hatte doch gar keinen Grund dazu. Leonie spürte, dass ihre Freundin auf einmal sehr traurig war, und nahm sie kurzentschlossen in den Arm.

„Kopf hoch, Carina, es wird alles so kommen, wie es kommen soll. Du musst jetzt erst mal an dein Baby denken. Alles andere ist unwichtig."

Der Besuch von Leonie tat Carina sehr gut. Das spürte sie, als sie abends auf ihrer Couch im Wohnzimmer lag und das Gespräch Revue passieren ließ. Es war schön, ihre Gefühle jemandem mitteilen zu können, der sie auch verstehen konnte. Aber Leonie hatte recht – das Wichtigste war jetzt erst mal ihr Baby.

Die nächsten 14 Tage vergingen wie im Flug. Die Vorbereitungen für die Einweihungsfeier ließen Carina kaum Zeit für private Dinge. Es sollte eine ganz besondere Party werden und etwas Besonderes verlangte halt auch den doppelten Einsatz. Carina hatte ihr kleines Häuschen sehr schön schmücken lassen. Überall waren bunte Girlanden angebracht und diese waren mit verschiedenen Sommerblumen und lauter kleinen Lichterketten versehen. Da ihr das Wetter wohlgesonnen war, konnte die Party im Garten stattfinden. Dies war Carina sehr willkommen, da sie sonst bei der hohen Anzahl der Gäste wahrscheinlich Platzprobleme bekommen hätte. Für das leibliche Wohl hatte sie einen Partyservice engagiert. Dieser war schon seit Stunden dabei, alles herzurichten. Überall standen schon kleine, runde

Stehtische, Sonnenschirme in leuchtend gelben Farben und eine lange Tischreihe, welche für das Büffet bestimmt war. Selbst eine kleine Tanzfläche war schon angelegt worden und die Zwei-Mann-Kapelle würde dafür sorgen, dass diese nicht lange leer blieb.

Carina machte einen kleinen Rundgang durch ihr eigenes kleines Gartenparadies und beantwortete den Herren vom Partyservice noch die ein oder andere Frage. Die Männer arbeiteten flink, aber ohne Hektik zu verbreiten. Man spürte, dass sie viel von ihrem Fach verstanden, und Carina überließ ihnen gerne diese Organisation. Sie lehnte sich an den Stamm der großen Eiche, welche ihr etwas Schatten spendete. Für Ende Mai war es eigentlich schon zu warm, aber sie liebte die Sonne und so waren ihr die sommerlichen Temperaturen sehr angenehm. Sie schloss ein wenig die Augen und genoss das schöne Gefühl der Vorfreude auf den bevorstehenden Abend. Der Beginn der Party war für 17.00 Uhr angesetzt. Obwohl die ersten Gäste erfahrungsgemäß schon um 16.30 Uhr eintreffen würden, würde Carina noch genug Zeit bleiben, um sich für ihre Party zurechtzumachen.

Die Zeit langt sogar noch für ein schönes Bad, dachte sie, als sie im gleichen Augenblick die Klingel der Haustür hörte. Schnell lief sie durch den Garten, vorbei an der Garage, wo ein kleiner Weg ebenfalls nach vorne führte.

„Ja, das gibt es doch gar nicht – Elfi, du bist schon da!" Carina freute sich riesig, denn mit Elfi hatte sie eigentlich erst spät abends gerechnet.

„Meinst du, ich möchte auch nur eine Minute deiner Traumparty verpassen?", lachte Elfi und ging mit ausgebreiteten Armen auf Carina zu.

Seit Carinas Besuch, im letzten Jahr, hatten sie sich nicht mehr gesehen. Zwar hatten sie oft telefoniert, aber das war natürlich kein Ersatz für ein persönliches Wiedersehen.

„Sag mal, trotz Babyfreuden hast du eine so tolle Figur. Wie machst du das?" fragte Elfi hoch interessiert.

„In den Wochen der Trennung von Dominik ging es mir nicht so gut. Na ja, da habe ich mehr als 10 Kilo abgenommen. Das ist das ganze Geheimnis."

„Es ist aber alles in Ordnung mit dir und dem Baby, oder?"

„Ja, ja – alles bestens. Dr. Kampen ist mehr als zufrieden mit uns beiden, es geht uns wirklich hervorragend."

„Na, Gott sei Dank. Carina du weißt, ein Anruf von dir und ich bin da, egal ob am Tage oder in der Nacht, okay?"

„Danke, Elfi, das weiß ich sehr zu schätzen, glaub mir. Aber sag mal, wie lange kannst du bleiben? ... Und, ähh, wo hast du denn Marcel eigentlich gelassen?", fragte Carina überrascht, als sie schon auf dem Weg in die Küche waren.

„Zu Frage eins, ich kann mindestens eine Woche bleiben. Und nun zu Frage zwei. Marcel ist geschäftlich in Mailand, leider die ganzen nächsten 3 Wochen und konnte somit nicht mitkommen.

Aber viele Grüße soll ich dir von ihm ausrichten."

„Das ist lieb. Grüße ihn bitte auch von mir, wenn du wieder mal mit ihm telefonierst, ja?"

Beide saßen gemütlich in der Küche und tranken eine Tasse Kaffee. Elfi erzählte von ihrer internationalen Bilderausstellung und Carina hätte ihr stundenlang zuhören können, aber dann drängte doch etwas die Zeit und beide mussten sich ja auch noch fertig machen. Für ein Bad langte es nun nicht mehr, sodass Carina nur eine Dusche nahm. Sie verwöhnte ihren ganzen Körper mit einer gut duftenden Körperlotion und legte danach ein zartes Make-up auf. Ihre schönen Augen betonte sie mit einem goldglänzenden Lidschatten und ihre Lippen bekamen mit dem gleichen Schimmer ein verführerisches Aussehen. Ihr wundervolles Haar hatte sie die letzten Monate etwas wachsen lassen, sodass der immer noch freche Haarschnitt ihrem Gesicht trotzdem einen verspielten, fast lieblichen Ausdruck gab. Carina zog das neue Kleid an, welches sie sich extra gekauft hatte. Es war ein langes, rückenfreies, schwarzes Samtkleid. Eigentlich ganz schlicht gehalten und dennoch wirkte es sehr raffiniert. In den Schulterbereich war ein in verschiedenen gelben Farben leuchtendes Seidentuch eingearbeitet, welches wie ein Schal an der rechten Körperseite nach unten fiel. Carina drehte sich vor dem Spiegel, um sich zu begutachten. Sie streichelte über ihr Bäuchlein, welches sie nun nicht mehr verbergen konnte und auch nicht verbergen wollte. Der Schnitt war so elegant, dass trotz Bäuchlein ihre wunderbare Figur voll zur Geltung kam. Sie war sehr zufrieden mit ihrem Aussehen, legte schnell noch einen Hauch ihres Lieblingsduftes auf und begab sich nach unten.

Gegen 19.00 Uhr waren schon sehr viele Gäste anwesend. Nicht nur Kunden und andere Geschäftspartner waren gekommen, sondern auch Dr. Kampen. Das hatte Carina besonders gefreut. Das Wohnzimmer glich bereits einem Blumen- und Geschenkladen. Die Stimmung im Garten war ausgelassen und überall sah man kleine Grüppchen stehen, die sich angeregt unterhielten und lachten. Die beiden Musiker stellten sich hervorragend auf das gemischte Publikum ein und spielten verschiedene Musikrichtungen, sodass wirklich für jeden was dabei zu sein schien, denn die Tanzfläche war immer besetzt.

Carina hatte gerade ihre kurze Begrüßungsrede gehalten und stand nun zusammen mit ihrer Kollegin Leonie und deren Mann an der kleinen Sektbar. Sie ließen sich den gekühlten Orangensaft schmecken, als Leonie grinsend bemerkte: „Carina, sieh mal, wer da kommt! Dein Exmann!"

„Na, dann werden mein Zwerg und ich ihn wohl mal begrüßen müssen", lachte Carina und ging Dominik langsam entgegen.

Dominik kam in Begleitung einer sehr gut aussehenden, rothaarigen Frau. Sie scheint ein Model zu sein, dachte Carina und bedauerte diese junge Frau im gleichen Moment auch schon wieder, weil sie wusste, dass auch sie das Herz von Dominik nicht lange würde erglühen lassen können. Der Frau, für die er sie damals verlassen hatte, war er wohl auch schon wieder überdrüssig geworden. Armer Dominik!

„Hallo Dominik, ich freue mich, dass du gekommen bist."

Dominik musterte Carina von oben bis unten. Seine Augen bekamen den gleichen Glanz wie damals, als sie von der Schweiz nach Hause gekommen war und sie diesen tollen, ungewohnten, etwas härteren Sex erlebt hatten. Wenn er daran dachte, bekam er große Lust diesen genauso nochmal mit ihr zu wiederholen.

„Guten Abend, Carina. Vielen Dank für die Einladung, ich habe mich sehr gefreut darüber. Darf ich vorstellen, Jutta Grimm. Jutta, das ist meine Exfrau Carina Martens."

Carina reichte der jungen Frau ebenfalls die Hand, spürte aber eine außerordentliche Kältewelle zu ihr herüberkommen.

Plötzlich kam ein junger Mann, ein Kunde von Carina, überschwänglich auf die Gruppe zu und rief begeistert und in Carinas Augen etwas zu laut: „Jutta Grimm, das darf doch nicht wahr sein, dass wir uns hier treffen. Mensch, wie lange ist das denn her?"

Es stellte sich heraus, dass die beiden sich von der Schule her kannten, und nach einer turbulenten, herzlichen Begrüßung sah man beide eng zusammen tanzend auf der Tanzfläche. Dominik schaute etwas irritiert, aber nicht unglücklich. Im Gegenteil, das war für ihn die Möglichkeit, sich wieder etwas seiner Exfrau zu nähern. Tief im Innern wusste er, dass er tatsächlich nur Carina liebte. Keine Frau konnte ihm bisher die Erfüllung geben, die ihm Carina gegeben hatte. Ihm wurde mit der Zeit immer klarer, dass sein Herz nur ihr gehörte. Aber wie sah es mit ihrem Herzen aus? Natürlich hatte er gleich, als er gekommen war, bemerkt, dass sie schwanger war. Aber er wusste auch aus sicherer Quelle, dass Carina momentan in keiner neuen Beziehung war. Konnte er Carina zurückerobern?

„Carina, darf ich um diesen Tanz bitten?", fragte Dominik sehr höflich. Er schob seinen Arm unter ihren und führte sie galant zur Tanzfläche. Die Musiker spielten gerade eine langsame Tanzrunde, was Carina in ihrem Zustand sehr gelegen kam.

„Wie ich sehe, kann man dir gratulieren, du bekommst nun doch was Kleines." Dominik meinte diesen Glückwunsch wirklich ernst, da er wusste, wie sehr sich Carina immer Kinder gewünscht hatte.

„Wir können uns gratulieren, Dominik, denn es ist unser Kind. Du bist der Vater." Carina wartete gespannt auf die Reaktion.

Die Gesichtsfarbe von Dominik wechselte, die bisher gezeigte Freude wich total aus seinem Gesicht, er blieb regungslos stehen, schaute Carina in die Augen und sagte kaum hörbar: „Carina, das kann nicht sein!"

„Doch, Dominik. Ich hatte es dir bisher nicht gesagt, da du ja keine Kinder wolltest, also warum sollte ich dich dann mit so einer Nachricht belasten. Aber du brauchst keine Angst haben, ich werde keine Unterhaltsansprüche an dich stellen. Der Zwerg und ich schaffen das schon alleine."

„Carina, das kann nicht sein, ich kann nicht der Vater sein!"

„Ok, dann bin ich wohl von der Jungfrau Fabienne geschwängert worden, auch eine nette Geschichte", erwiderte Carina und lachte herzlich.

„Carina, du verstehst mich wohl nicht. Ich habe mich...."

Das Lied war zu Ende und die rothaarige Begleitung, die schon sehnlichst auf das Ende des Tanzes wartete, kam etwas gehetzt auf Dominik zu und trennte die beiden so förmlich auseinander. Durch die laute Musik, fiel es Carina nicht auf, dass ihr Exmann den letzten Satz gar nicht zu Ende gesprochen hatte. Hätte er ihn zu Ende gesprochen, wäre der Abend in einer Katastrophe geendet. Noch ahnte Carina nicht, dass sie schon sehr bald eine bittere Wahrheit erfahren sollte.

Carina ging zurück an die Sektbar und Dominik tanzte sehr unkonzentriert mit seiner Rothaarigen im Arm einen langsamen Walzer. Nun war es Carina viel wohler, denn vor diesem Augenblick hatte sie sich doch etwas gefürchtet. Na ja, dass er nicht begeistert reagieren würde, das hatte sie ja eigentlich auch erwartet. Dass ihn diese Nachricht aber so treffen und er so abweisend reagieren würde, damit hatte sie nicht gerechnet. Wie sehr musste er Kinder hassen. Eigentlich konnte sie ihn nur bedauern.

Ein lauter Tusch riss sie dann aber aus ihren traurigen Gedanken. Ihre Freundin Leonie betrat nun mit einem Glas Sekt die Tanzfläche und es dauerte nur Sekunden, bis komplette Stille einkehrte.

„Meine sehr verehrten Damen und Herren, liebe Gäste. Unsere Gastgeberin hat sich für dieses Fest so viel Mühe gemacht, dass ich denke, sie hat hierfür wirklich einen großen Applaus verdient."

Carina betrat die Tanzfläche mit funkelnden Augen und bedankte sich noch mal bei den Gästen. Sie hasste nichts mehr, als ungewollt in den Mittelpunkt gestellt zu werden. Als der Applaus endlich aufhörte, setzte Leonie noch mal zu einigen Worten an: „Liebe Carina, ich weiß, dass du mich jetzt am liebsten fressen würdest, aber ich habe noch eine ganz besondere Überraschung für dich. Dreh dich doch mal um!"

Carinas Herz klopfte ein wenig, als sie sich umdrehte. „Das darf doch nicht wahr sein, Mama, Papa, wo kommt ihr denn her?" Alle drei umarmten sich, als ob sie sich schon Jahre nicht mehr gesehen hätten. Die Gäste klatschten vor Begeisterung und jeder freute sich für jeden. Die Musiker nutzten diese Stimmung und begannen Rock 'n' Roll zu spielen. Schnell war die Tanzfläche wieder belegt und Carina setzte sich mit ihren Eltern an einen kleinen Tisch weiter hinten im Garten, an einem etwas ruhigeren Platz. Hier erfuhr Carina, dass Leonie diesen Überraschungsbesuch organisiert hatte. Ihre Eltern würden allerdings nur zwei Tage bleiben und schon am Montag wieder zurückfliegen. Carinas Mutter machte sich Sorgen, sie wäre am liebsten ganz bei ihrer Tochter geblieben, so lange, bis das Baby endlich da war. Carina konnte sie aber beruhigen, schließlich waren es noch gut 4 Monate bis zur Geburt. Carinas Vater war ein guter Tänzer und so dauerte es nicht lange, bis ihre Eltern auch auf der Tanzfläche waren.

Carina brauchte jetzt etwas Ruhe. Die Gespräche mit ihren Eltern waren immer ein wenig anstrengend. Sie holte sich ein Glas Saft und ging langsam relaxt zu ihrem Lieblingsplatz, der ganz weit hinten im Garten lag. Eine kleine Holzbank, direkt unter einer großen Eiche, lud zum Entspannen ein. Hier war es sehr ruhig, die Musik hörte man nur noch ganz leise und dennoch konnte sie von hier aus das rege Treiben immer noch sehr gut beobachten. Alle Gäste schienen sich köstlich zu amüsieren. Ihre Eltern tanzten, Elfi war an der Sektbar umringt von mehreren Männern und Leonie und ihr Mann standen etwas abseits und schmusten. Dominik stand neben seiner Begleitung Jutta und deren Schulfreund, allerdings eher als das fünfte Rad am Wagen. Carina sah, dass er etwas verloren umherschaute. Ach, und da war noch Fabienne, ihre gute Fee, sie kümmerte sich um das leibliche Wohl der Gäste. Alle waren der Einladung gefolgt. Alle? Bis auf eine. In dem Moment, als sie sich gerade Gedanken machen wollte, warum sie nicht gekommen war, hörte sie auch schon hinter sich die ihr noch so vertraute Stimme, die leise zu ihr sagte: „Guten Abend Frau Gastgeberin. Darf ich mich zu Ihnen setzen?"

„Jasmin! Schön, dass du gekommen bist."

Carina begrüßte Jasmin mit einem Küsschen auf die Wange, wobei Jasmin sie länger als notwendig im Arm hielt. Die nächste halbe Stunde erzählte man eher über allgemeine Dinge. Es hatte fast schon den Anschein, als scheute man das Thema „Gefühle".

„Von deiner Ersatz-Kollegin Leonie", Jasmin lachte, „habe ich erfahren, dass du geschieden bist. Warum hast du dich danach nicht wenigstens mal bei mir gemeldet?" Jasmin schaute Carina fragend an.

„Ach Jasmin, das hätte doch gar keinen Sinn gehabt. Ich erwarte ein Kind von meinem Exmann. Das kann und will ich dir nicht zumuten. Kannst du das nicht verstehen?"

„Nein! Was hat das damit zu tun, wer der leibliche Vater ist? Denkst du, ich würde dieses Kind deshalb weniger gern haben? Carina, ich liebe dich und das Kleine hier natürlich auch." Sie legte ihre Hand auf Carinas Bauch und schaute sie ganz lieb an.

Carina legte ihre Hand ebenfalls auf die ihrige und schaute Jasmin mit einem liebevollen Blick an. „Warum muss Liebe immer so kompliziert sein, Jasmin?" Ihre Augen füllten sich mit Tränen. Jasmin küsste sie zart auf den Mund, aber plötzlich löste sich Carina aus ihrer Umarmung und lief ins Haus. Leonie beobachtete ihre Flucht ins Haus und ging ihr nach. In der Zwischenzeit begrüßte Elfi ihre Schwester sehr herzlich und nahm sie mit an die Bar, wo sie sie mit den anderen bekannt machte.

„Carina, was ist passiert?", fragte Leonie, voller Sorge um das Baby.

„Ach Leonie, ich weiß überhaupt nicht mehr, was ich tun soll." Carina erzählte ihr, wie ihr Exmann auf die Babynachricht reagiert hatte, und von dem Gespräch mit Jasmin eben auf der Bank.

„Weißt du, Carina, so wie du erzählst, kennt dein Herz schon lange die Antwort. Du musst aber selbst entscheiden, dabei kann ich dir leider nicht helfen. Und nun komm, du hast Gäste unten!"

Es dauerte auch nicht lange, bis sich Carina dann wieder unter die Gäste mischte. Sie hatte sich ein bisschen frisch gemacht und so ein wenig Zeit gehabt, sich gefühlsmäßig wieder etwas zu orientieren.

„Carina, darf ich um den nächsten Tanz bitten?" fragte Jasmin.

Jetzt war Carina in der gleichen Situation, wie vor vielen Jahren, als ihre damalige Freundin sie bat, zu ihnen und ihrer Liebe zu stehen. Damals hatte sich dagegen entschieden. Sie sah ihre Eltern zusammen mit Dr. Kampen an der Bar stehen, ihre Mutter winkte ihr gerade freundlich zu. Was sollte sie tun? Sollte sie wieder ihre Gefühle verleugnen? Sollte sie zu ihren Gefühlen und ihre Liebe stehen, dann aber das Verhältnis zu ihren Eltern auf's Spiel setzen?

Carina schaute Jasmin fragend an. Jasmin wusste, dass dies ein Scheitelpunkt in beider Leben sein wird. Kann Carina über ihren Schatten springen? Für welchen Weg wird sie sich entscheiden? Die Spannung unter beiden Frauen stieg ins Unermessliche.

Doch dann passierte das fast Undenkbare. Carina reichte Jasmin die Hand und ließ sich von ihr zur Tanzfläche führen, wo gerade ein langsamer Blues gespielt wurde. Carina legte ihren Kopf an Jasmins Schulter und versuchte die Welt um sich herum zu vergessen. Aus ihren Augenwinkeln konnte sie aber trotzdem ihre Eltern sehen, die sich angeregt mit Dr. Kampen unterhielten und immer wieder zu ihr herüber schauten. Aber auch ihr Exmann stand mit offenem Mund da und beobachtete sie. Ihr blieb es aber auch nicht verborgen, dass hier und da getuschelt wurde. Aber das war ihr jetzt egal. Sie wollte zu ihrer Liebe stehen, das war ihr Leben und das wird sie jetzt so leben wie sie es möchte.

Sie spürte Jasmins warme Hand auf ihrer Haut. Es durchzuckte sie so erregend, dass sie wünschte, es möge nie aufhören. Carina schaute in Jasmins Augen und sie spürte wieder diese Vertrautheit, die bereits von Anfang an zwischen ihnen gewesen war. Ganz zart küsste Jasmin ihre Stirn. Gerne hätte sie Carina auf ihren süßen Mund geküsst, aber Jasmin wusste wie taktvoll sie jetzt selbst diese Situation meistern musste.

„Geht es dir gut? Ich wollte dich vorhin nicht überfahren, aber ich konnte nicht anders, entschuldige bitte", unterbrach Jasmin die Stille, die trotz der Musik zu spüren war.

„Ist schon okay, Jasmin. Es geht mir gut."

„Ich hab dich so sehr vermisst, Kleines" flüsterte Jasmin ihr ins Ohr.

Carina hätte sie am liebsten umarmt, ihr gesagt, wie sehr sie auch sie vermisst hatte, wie sehr sie sie liebte, aber... Schon wieder überkam sie diese Zweifel, nein, es durfte nicht sein.

Schließlich bekam sie ein Kind von einem anderen Mann und dieses Kind brauchte doch einen Vater.

„Darf ich ablösen?", hörte sie die Stimme ihres Exmannes.

„Ungern", hörte sie Jasmin sagen, aber dennoch gab sie Carina frei.

„Bitte, Carina, entschuldige mein Verhalten von vorhin. Selbstverständlich werde ich für dich da sein und natürlich auch für dieses Kind. Du, ich möchte, dass wir es noch einmal miteinander versuchen. Ich brauche dich."

Carina traute ihren Ohren nicht. Sie schaute ihrem Exmann in die Augen und sagte sehr traurig: „Du sprichst gerade so, als ob dein Kind eine Sache wäre, um die man sich notgedrungen kümmern muss. Das kann keine Basis für einen Neuanfang sein. Außerdem, du hast doch eben die junge Frau gesehen, mit der ich getanzt habe. Das ist die Frau die ich wirklich liebe. Dort drüben steht deine momentane Partnerin. Du gehörst zu ihr."

„Carina, ich werde um dich kämpfen, denn ich liebe nur dich."

„Ich habe dich immer geliebt. Du hattest die Möglichkeit, mir deine Liebe zu zeigen, warum hast du sie nur verspielt?" Carinas Zweifel kamen wieder auf. Er war der Vater ihres Kindes, konnte sie ihrem Kind einfach so den Vater nehmen? Wäre es im Sinne des Kindes, wenn sie zu ihrem Exmann zurückginge? Mit diesen Gedanken löste Carina sich und ging hinüber zur Bar, wo sich Jasmin die ganze Zeit angeregt mit ihren Eltern unterhalten hatte, als dann ein Kunde Jasmin zum Tanz holte.

„Carina, komm doch mal her", rief ihr Vater ihr zu. „Wusstest du, dass Frau Berger sich so gut mit EDV auskennt? Sie hat mir gerade angeboten, meinen PC ans Internet anzuschließen."

„Du meinst doch nicht etwa deinen PC auf Mallorca?"

„Ja, natürlich den, welchen denn sonst?"

„Weiß Jasmin auch, dass sich dein PC auf Mallorca befindet?"

„Ähm, ich denke schon."

„Also weiß sie es nicht", sagte Carina und fing herzlich an zu lachen. „Ich bin gespannt, wie sie reagiert, wenn sie erfährt, dass sie für einen Internetanschluss nach Mallorca fliegen soll."

Carina duckste ein wenig herum, bevor sie sich traute, dann doch eine für sie sehr wichtige Frage zu stellen.

„Paps, Mum, darf ich euch etwas fragen?"

„Natürlich, was möchtest du denn wissen?" antwortete ihre Mutter.

„Ihr habt ja eben mitbekommen, dass ich mit einer Frau getanzt haben, mit Jasmin. Bisher habt ihr nie eine homosexuelle Verbindung toleriert. Hat sich eure Meinung geändert?"

Carina war gespannt auf die Antwort, aber dennoch sehr irritiert von dem ruhigen Verhalten ihrer Eltern. Sie hatte eigentlich erwartet, dass ihre Eltern fluchtartig die Feier verlassen, wenn sie sehen würden, dass sie mit einer Frau liiert ist.

„Du weißt ja, dass Dr. Kampen schon seit Jahrzehnten unser

Hausarzt, aber auch unser allerbester Freund ist. Letzten Monat hatte er eine Woche Urlaub bei uns verbracht und wir hatten sehr lange, sehr intensive Gespräche", fing ihre Mutter an die Situation zu erklären.

„Dann hat er eigentlich seine Schweigepflicht gebrochen", erwiderte Carina noch verwirrter als vorher.

„Naja, so würde ich das jetzt nicht sehen", bemerkte ihr Vater. „Das du ein Baby bekommst, das wussten wir ja schon von dir und dass du dich mehr zu Frauen hingezogen fühlst, das haben wir ehrlich gesagt schon immer gewusst, aber wir wollten es einfach nicht wahrhaben."

„Und jetzt plötzlich kann man so etwas wahrhaben?"

„Plötzlich nicht", erklärte nun ihre Mutter weiter und man merkt, dass sie nach Worten suchte.

Man spürte es, dass „Homosexualität" noch ein Thema war, welches leider immer noch nicht zur Selbstverständlichkeit gehörte.

„Weißt Du Carina, durch die langen intensiven Gespräch mit Dr. Kampen, haben wir vielleicht eine andere Einstellung dazu bekommen oder vielleicht können wir das jetzt alles, durch diese ganzen Gespräche auch etwas besser verstehen. Deine Jasmin ist auf jeden Fall eine sehr sympathisch, hübsche und wirklich sehr nette Frau und wir würden uns sehr freuen, wenn ihr beide uns bald zusammen in Spanien besuchen kommen würdet."

Carina liefen die Tränen die Wangen herab. Mit dieser Reaktion hatte sie nicht gerechnet und sie war überglücklich. Nun stand ihrem neuen Leben, mit ihrer neuen Liebe nichts mehr im Wege.

Glück und Unglück liegen im wahren Leben aber immer ganz nahe beisammen. Davon ahnte Carina im Moment aber noch nichts und konnte so ihre Glücksgefühle noch genießen.

Das Fest ging ausgelassen weiter. Es war bereits schon weit nach Mitternacht, als sich fast alle Gäste verabschiedet hatten. Die Männer vom Partyservice hatten schon alles weggeräumt und waren zusammen mit den Musikern gerade gegangen. Nur Jasmin und Elfi waren noch da. Jasmin hatte nur ca. eine halbe Stunde mit dem Auto bis nach Hause und Elfi schlief natürlich bei ihr im Gästezimmer.

„Ich schlage vor, wir drei trinken noch einen Kaffee, bevor wir das tolle Fest ausklingen lassen, einverstanden?", fragte Elfi, wartete die Antwort aber erst gar nicht ab, sondern ging direkt in die Küche.

Carina und Jasmin standen vor einem großen Rosenstrauch, der durch die kleine Lichterkette wunderschön leuchtete. Die Rosen versprühten ihren zarten Duft und über ihnen war ein wunderschöner Sternenhimmel zu sehen.

„Dein Ex will dich zurück, stimmt's?", fragte Jasmin.

„Wie kommst du darauf?"

„Ich habe den ganzen Abend seinen Gesichtsausdruck

beobachten können, immer wenn er dich ansah, aber besonders in dem Moment, als ihr zusammen getanzt habt. Er liebt dich noch immer, Carina, und er freut sich sicher auf euer gemeinsames Kind."

„Nein, Jasmin, er braucht nur mal wieder eine Bestätigung. Sein Kind nimmt er nur wohl oder übel in Kauf. Da ist keine Liebe mehr."

„Menschen können sich ändern. Vielleicht hat dein Mann sich auch geändert."

„Da gebe ich dir recht, Menschen können sich ändern und jeder Mensch verdient wohl auch eine zweite Chance."

„Liebst du ihn noch?"

„Kennst du das Gefühl, wenn tausend Schmetterlinge im Bauch rumfliegen?"

Jasmin schmunzelte und nickte leicht.

„Dieses Schmetterlingsgefühl verspüre ich momentan auch sehr stark, aber halt nicht bei ihm."

„So, jetzt bin ich aber neugierig. Bei wem denn sonst?"

Carina lächelte sie lieb an und gab ihr überraschend ein kleines Küsschen auf die Nasenspitze. Jasmin lachte und trat hinter Carina, legte ihre Hände vorsichtig auf ihr Bäuchlein und streichelte zärtlich die leichte Wölbung. Plötzlich spürte sie leichte Tritte.

„Sag mal, tritt das Zwerglein hier etwa oder bilde ich mir das nur ein?“

„Dem Zwerg werden deine Streicheleinheiten wohl guttun, deshalb macht er sich auch bemerkbar“, sagte Carina lachend.

„Meinst du, er spürt mich?“ Jasmin war wirklich neugierig.

„Er spürt all das, was ich auch spüre. Ihm tut all das gut, was mir auch guttut – und dein Streicheln tut mir sehr gut.“

„Am liebsten würde ich die ganze Nacht mit euch zweien hier stehen bleiben, dein Bäuchlein streicheln, deine Wärme spüren und dich einfach nur festhalten“, sagte Jasmin verträumt.

Jasmin küsste ganz zart Carinas Nacken und drehte sie dabei ganz langsam um. Carina rieb ihre Nase liebevoll an Jasmins Nasenspitze und genoss es, als ihre Lippen zärtlich die ihrigen berührten. Es wurde ein sehr langer und leidenschaftlicher Kuss, der mehr besagte als alle Worte. Der Kuss dauerte so lange an, bis Elfi sie mit ihrem Rufen, dass der Kaffee fertig sei, unterbrach. Hand in Hand gingen beide zum Haus. Elfi beobachtete die zwei und lächelte. Sie saßen noch eine Weile im Wohnzimmer und unterhielten sich, bis Elfi sich dann gähnend verabschiedete.

„Dann werde ich wohl jetzt auch mal gehen“, sagte Jasmin, als Elfi das Zimmer verlassen hatte. „Du bist sicherlich auch sehr müde.“

„Bitte, Jasmin, lass mich nicht alleine. Bleib hier heute Nacht, bei mir, bitte!“

„Diesen Wunsch kann ich natürlich nicht abschlagen", sagte Jasmin gespielt ernst.

„Komm, ich kenne einen Platz, der wesentlich gemütlicher ist als dieser hier."

Carina nahm Jasmins Hand, führte sie in ihr Schlafzimmer und ließ sich aufs Bett fallen.

„Wie gefällt dir dieses Ambiente?" Sie lächelte.

„Es regt etwas meine Fantasien an", erwiderte Jasmin ebenfalls lächelnd und legte sich neben sie.

„Was hälst du davon, wenn wir zuerst ein gemeinsames Bad nehmen und dann dieses Ambiente hier weiter genießen?" fragte Carina mit einer sehr verführerischen Stimme.

„Diesem Vorschlag kann ich nicht wiederstehen, meine Süße."

Als Jasmin das Bad sah, war sie sichtlich überrascht. „Ich habe noch nie eine so große Badewanne gesehen", bemerkte sie staunend.

„Echt? Das ein Whirlpool mit allem drum und dran. Er ist immer mit Wasser gefüllt und hat stets 38 Grad. Also immer betriebsbereit", erklärte ihr Carina während sie vorsichtig in das Wasser stieg.

Jasmin stieg ebenfalls in die große Wanne, jauchzte und planschte erst mal herum wie ein Kind. Beide genossen diese ausgelassene Situation. So gelöst waren sie beide schon lange nicht mehr. Aber das Planschen, gerade in dem warmen Wasser, machte auch müde und so legten sie sich entspannt in diese große Wanne. Jasmin machte sich eine Tropfen von dem gut duftenden Duschgel auf die Hand und begann sich ganz langsam damit einzureiben.

„Was ist das denn für ein Duschgel? Das produziert vielleicht eine Menge Schaum. Einfach wunderbar", stellte Jasmin fest, während sie sich weiter einrieb.

Sie tauchte ihre Hand in den luftigen Schaum und bedecke damit spielerisch ihre Muschi. Dann lehnte sie sich entspannt zurück und begann langsam ihren Kitzler zu reiben. Carina schaute ihr genüsslich zu und sie merke wie sie das selbst antörnte, zuzuschauen, wie Jasmin sich selbst verwöhnte. Sie konnte den Blick gar nicht von ihr abwenden. Der Schaum auf Jasmins Muschi begann sich nach einer gewissen Zeit ganz langsam aufzulösen und so konnte Carina es teils schon sehen, teils aber auch nur erahnen was Jasmin da gerade trieb. Mit jeder Minute wurde der Blick klarer und sie sah nun ganz deutlich wie Jasmin ihren Kitzler rieb, ihn streichelte und ihn zwischen Daumen und Zeigefinger massierte. Carinas Herz klopfte wie wild und das Ziehen in ihrer eigenen kleinen Lustgrotte wurde immer stärker. Nun beugte sich Jasmin vor, nahm den Duschkopf in die Hand und spülte noch den restlichen Schaum von ihrer Muschi weg. Carina sah die frisch rasierte Haut, sah die rosafarbenen Schamlippen, die nass glänzten und sie selbst wurde von Minute zu Minute immer feuchter. Jasmin streichelte mit einem Finger durch ihre Spalte, von oben nach unten und wieder zurück und massierte dann wieder den mittlerweile angeschwollenen Kitzler. Ganz langsam sickerte der Saft aus ihrer Spalte. Jasmin sah wie Carina ihr Spiel beobachtete.

„Möchtest du den Duschkopf jetzt haben?" fragte Jasmin zwinkernd. „Ich würde gerne dabei zusehen, wie du dich damit verwöhnst."

„Ja, gib ihn her", kam es schon fast fordernd.

Carina spürte wie sich ihre Nippel vor Erregung aufrichteten und wie sie immer feuchter wurde. Alleine die Vorstellung, dass Jasmin ihr dabei zuschaute, erregte sie enorm. Sie schloss die Augen und begann mit dem warmen Wasserstrahl ihren Busen zu verwöhnen. Dabei ließ sie ihrer Phantasie freien Lauf. Sie erinnerte sich daran, wie sich Jasmin vorhin ihre Lustgrotte verwöhnte und genau diese Bilder erregten sie noch mehr.

Während dieser Film in ihrem Kopf ablief, streichelte Carina ihre prallen Brüste, knetete leicht ihre Brustwarzen und stöhnte leise vor Wonne. Dann öffnete sie die Augen und sah Jasmin, wie sie gerade an ihren Schamlippen spielte. Carina kniete sich, nahm den Duschkopf in die andere Hand, griff zur Seite und stellte am Regler den Massagestrahl nun etwas härter ein. Sie ließ den Duschstrahl zunächst über Jasmins Lustgrotte gleiten, die darauf hin kurze spitze Schreie von sich gab. Carinas Finger glitten hinunter zu ihrem eigenen glatt rasierten Lustgrotte. Mit zwei Fingern teilte sie ihre Schamlippen und ließ dann den Wasserstrahl über ihren eigenen Kitzler gleiten. Sie genoss diesen starken Strahl, der ihren harten hervorstehenden Kitzler traf. Ihr blieb im ersten Moment der Atem weg, so intensiv war das Gefühl der Lust. Carina hielt den Duschkopf nur wieder auf Jasmins Lustzentrum, doch Jasmin hielt es nicht mehr aus. Der harte Strahl brachte ihr Muschi zum Kochen. Sie rubbelte ihren Kitzler noch ein paar Mal, bis ihr Körper von den Wellen der Lust geschüttelt wurde. Carina hätte jetzt Lust gehabt die glatt rasierte Muschi von Jasmin mit ihren Lippen zu verwöhnen. Aber dazu war sie selbst nicht mehr in der Lage. Zu weit fortgeschritten war ihre eigene Erregung. Sie hielt den Duschstrahl nun wieder auf ihr Lustzentrum und bewegte dabei ihr Becken vor und zurück, so als ob sie auf dem harten Wasserstrahl reiten würde. Der Strahl massierte die mittlerweile pulsierende Muschi wie ein richtiger Lustpfahl. Carinas Stöhnen wurde von Sekunde zu Sekunde lauter, ihre Beckenbewegungen immer intensiver. Die Gefühle, die dieser harte Wasserstrahl bei ihr auslösten, waren einfach unbeschreiblich heftig. Plötzlich spürte Carina die Finger von Jasmin an ihrer nassen Spalte. Jasmin spreizte mit ihren Fingern ganz leicht ihre Schamlippen und zog jede Lippe abwechselnd ganz leicht nach unten. Carina stoppte ihre Becken-Bewegungen und verharrte. Dieses unbeschreibliche Gefühl wollte sie auskosten solange es ginge. Sie genoss dieses Gefühl und hoffte Jasmin höre nie mehr auf damit ihre Schamlippen zu massieren. Aber der harte Wasserstrahl, der immer noch weiter über ihren Kitzler kreiste, brachte ihre Muschi fast zum explodieren. Nun war es auch mit ihrer Beherrschung vorbei.

Der Höhepunkt brach so intensiv über sie herein, dass sie vor Lust aufschrie. Ein Zucken ging durch ihr Becken, ein Zittern durch ihren ganzen Körper, während sie sich stöhnend einem Tornado der Lust hingab.

Jasmin richtete sich auf und küsste Carina ganz zärtlich auf den Mund.

„Lass uns rüber gehen, ein wenig ausruhen", schlug Jasmin vor.

„Das ist ein wunderbarer Vorschlag", antwortet Carina mit zitternder Stimme.

Sie sagten kein weiteres Wort, denn sie fühlten beide den Beginn einer großen Liebe. Eng aneinander gekuschelt schliefen sie glücklich, aber total erschöpft ein.

Die Morgensonne stand schon weit oben, als sie durch eine rufende Stimme geweckt wurden.

„Kaffee ist fertig!", hörten sie Elfi aus der Küche rufen.

„Guten Morgen, mein Schatz." Jasmin küsste Carina wach, die im ersten Augenblick nicht ganz genau wusste, wie ihr geschah.

„Dir auch einen wunderschönen guten Morgen", flüsterte Carina gähnend und lächelnd zugleich.

„Möchtest du noch mal verwöhnt werden oder ziehst du die Tasse heißen Kaffee meiner Schwester vor?", fragte Jasmin mit diesem gespielten ernsten Blick.

Carina antwortete nicht, sondern umarmte und küsste sie

leidenschaftlich.

„Ich habe verstanden. Mein Schwesterlein muss wohl mit dem Kaffee warten!", sprach sie lächelnd und kümmerte sich dann ausgiebig um Carinas körperliches Wohlergehen.

Carina legte sich auf den Bauch, was ihr im Moment gerade noch möglich war. Jasmin küsste ihren Nacken und begann dann langsam mit der Massage, vom Nackenbereich hinunter bis zu ihrem Poansatz. Warm und weich fühlten sich Carinas Rundungen an. Jasmins Hände wechselten sich ab, im Streicheln und im ganz zarten Kneten. Carina genoss die Berührungen sichtlich, was man dem leichten Stöhnen entnehmen konnte. Ihre kehligen Laute und ihre leichten erotischen Hüftbewegungen erregten Jasmin sehr. Sie massierte Carinas Taille und bewegte dann ihre Hände weiter nach unten. Den Pobereich ließ sie bewusst erst einmal aus. Zart streichelte sie die Innenflächen der Schenkel und ließ ihre Finger Zentimeter für Zentimeter nach oben gleiten. Sie spürte Carinas Wärme und die schon sehr feuchte Erregung. Jasmin hörte keine Worte von Carina, nur eines konnte sie vernehmen, dass sie wesentlich lauter atmete. Eigentlich stöhnte sie schon mehr.

„Komm, Kleines, leg dich auf die Seite, dann hast du es etwas bequemer."

Carina kam dieser Bitte gerne nach und drehte sich langsam um. Jasmin lag dicht hinter ihr, ließ ihre warmen Hände weiter auf Wanderschaft gehen und drückte ihren Körper etwas fordernder an ihren. Carina spürte einerseits Jasmins feuchte Grotte an ihrem Po und andererseits Jasmins Hände, die sich langsam ihrem Dreieck näherten. Ihre Erregung war so stark, dass es schon fast wieder weh tat. Carina fühlte Jasmins Finger durch ihre feuchte Spalte gleiten und spürte, wie sie begann, ganz zärtlich ihre Lustperle zu massieren. Carina hatte ihre Augen schon lange geschlossen, gab sich Jasmin bedingungslos hin und wollte einfach nur noch diese wundervolle Zärtlichkeit genießen. Dann fühlte sie Jasmins heißen Atem an ihrem Hals, als sie ihr ins Ohr flüsterte: „Ich möchte dich gerne überall mit meinen Küssen verwöhnen, darf ich?"

Carina drehte sich sehr aufreizend auf den Rücken.

„Ich glaube, ich könnte süchtig werden nach dir."

„Na, das will ich auch schwer hoffen." Jasmin lächelte und ließ dann ihre Zunge an Carinas Körper hinuntergleiten.

Carina genoss es sehr, wie Jasmins Zunge langsam, aber intensiv ihre Lustperle umspielte. Ihre Hände vergruben sich in ihrem Haar.

„Oh, das tut so gut", stöhnte sie.

Sie fühlte Jasmins Hände und Zungenspitze plötzlich überall und das erotische Gefühl in ihrem Unterleib erreichte plötzlich den Höhepunkt. In ihr vibrierte es und ein Zucken durchströmte ihren gesamten Körper. Es dauerte eine ganze Weile, bis diese enorme Gefühlswelle wieder etwas abgeklungen war.

Jasmin kniete sich vor ihr auf die Bettdecke und sah sie mit einem durchdringenden Blick an. Sie knabberte an ihrem Ohrläppchen. Jasmin begehrte Carina und das sie Carina mit der Zunge verwöhnen durfte machte sie selbst wahnsinnig feucht. Ihre Muschi pochte wie wild und sie wollte Carina jetzt an ihrer Pflaume spüren.

Jasmin setzte sich vorne auf die Bettkante. Carina setzte sich neben sie. Sie nahm Carinas Hand und legte sie auf ihren Busen. Carina fühlte etwas herrlich warmes und weiches. Vorsichtig, als hätte sie Angst sie zu zerbrechen, begann Carina die Brüste von Jasmin zu streicheln und zu kneten.

Carina beugte den Kopf und küsste zart ihren Hals, wanderte mit den Lippen zu ihren Brustspitzen, leckte sie ganz zart und saugte an ihnen. Jasmin legte sich aus ihrer Sitzposition zurück und lag nun stöhnend und mit geschlossenen Augen auf dem Rücken.

Carina rutschte runter auf den Boden und kniete sich vor das Bett. So hatte sie diese gut duftende Lustgrotte direkt vor sich. Ganz langsam drückt sie Jasmins Beine ein wenig auseinander. Jetzt wusste sie warum es Lust-Tropfen hieß. Der Saft tropfte förmlich aus der Spalte. Langsam strich sie mit der Fingerkuppe über Jasmins Kitzler. Jasmin schrie auf. Carina verstärkte den Druck bis sie erneut stöhnte.

Carina erinnerte sich noch gut daran, als Jasmin ihre Schamlippen etwas spreizte und sie dann ganz leicht nach unten zog. Allein der Gedanke daran ließ sie schon wieder erregt werden. Wie würde Jasmin das empfinden?

Sie spreizte Jasmins Beine noch weiter. Jasmins feuchte Spalte war nun deutlich sichtbar. Carina genoss den Anblick dieser rasierten Liebesgrotte. Die rosaroten feuchten Schamlippen glänzten. Es sah einfach nur scharf aus. Carina spreizte ein wenig die Schamlippen, sodass sie mit ihrer Zunge in diese Spalte eintauchen konnte. Gierig saugte sie mit ihren Lippen an den Schamlippen und zog sie ganz leicht nach unten. Sie saugte mal an der rechten, dann an der linken Schamlippe. Dann tauchte sie wieder mit ihrer Zunge in die Spalte ein und wiederholte dieses Spiel mal langsam mal schneller.

„Ich bringe dich mit meiner Zunge nun auf Wolke Sieben meine Süße!", flüsterte Carina.

„Mach weiter bitte, aber etwas fester", forderte Jasmin sie stöhnend auf.

Carina massiert ihre Schamlippen, spreizt sie immer wieder dezent, massiert gekonnt den Punkt, der Jasmin fast wahnsinnig machte.

Carina scheint bei Jasmin am richtigen Punkt angekommen zu sein. Mit der einen Hand rubbelte sie Jasmins Kitzler, immer schneller und immer heftiger. Mit der anderen Hand rubbelte sie aber auch ihren eigenen Kitzler, genauso schnell und genauso heftig. Plötzlich zuckt Jasmin unkontrolliert mit ihrem Becken. Immer wieder saugt und reibt Carina den harten Kitzler bis

Jasmin um Erlösung bettelte. Auch Carina wurde von einem heftigen Orgasmus geschüttelt. Sie küsste nochmal ganz zart Jasmins kleine Grotte, bevor sie sich erschöpft neben sie auf´s Bett legte.

Nach einem langen gemeinsamen Frühstück musste sich Jasmin dann aber verabschieden.

„Ich bin leider bis Freitag auf einer Tagung in Frankfurt, aber ich rufe dich jeden Abend an, versprochen." Jasmin umarmte Carina und knabberte spielerisch an ihrem Ohrläppchen.

„Ich freue mich schon auf unser Wiedersehen."

„Ich mich auch, Liebes. Am liebsten würde ich dich mitnehmen, aber das geht ja nicht. Wenn du möchtest, hole ich dich am Freitagabend ab und wir zwei, oh, besser wir drei, gehen ganz romantisch essen, ja?"

„Angebot sehr gerne angenommen."

Carina fuhr mit ihren Fingern durch Jasmins Haar, zog ihren Kopf zu sich heran und küsste sie. Sie umspielte mit ihrer Zungenspitze ihre Lippen und schmiegte sich dabei ganz eng an sie. Jasmin genoss das sehr, die zärtliche Spielereien und erwiderte ihre Zärtlichkeiten. Vom ersten Augenblick an hatte sie gewusst, dass Carina ihre Herzensfrau war, und sie würde alles tun, um diese noch so zerbrechliche Liebe zu festigen. Carina winkte Jasmin noch einmal zu, als sie mit dem Auto wegfuhr, und ging dann träumend zurück in die Küche.

„Du liebst sie sehr, stimmt's?", fragte Elfi, als sie in die Küche zurückkam.

„Oh ja, sehr sogar." Carina lächelte und verzog sich nochmals für ein Stündchen in ihr Bett.

Kapitel 10

„Kommt heute nicht Jasmin zurück?", fragte Elfi und verdrückte das letzte Stückchen Käsekuchen von ihrem Teller.

„Ja, sie will mich heute Abend abholen und dann wollen wir schick essen gehen. Du bist doch nicht böse, wenn ich dich dann mal dem Fernseher überlasse, oder?"

„Ach wo", lachte Elfi, „ich werde diesem Liebesglück doch nicht im Wege stehen. Wann wollte Jasmin denn kommen?"

„Keine Ahnung, sie wusste noch nicht genau, wann die Tagung zu Ende sein würde. Aber sie wird anrufen, sobald sie wieder hier in Breisach ist."

Carina hatte sich diese Woche freigenommen, sodass sie und Elfi in den letzten Tagen sehr viel unternehmen konnten. Zuerst brachten sie am Montag Carinas Eltern zum Flughafen und anschließend machten sie eine ausgiebige Shopping-Tour, während der sich Carina noch das ein oder andere Umstandskleid kaufte. Die nächsten Tage waren ausgefüllt mit verschiedenen Ausflügen, Kino und dem Besuch des Musicals „Die Schöne und das Biest". Jasmin rief jeden Abend bei Carina an und kein Telefonat endete unter einer Stunde. Sie fand es einfach immer wieder schön, ihre Stimme zu hören, ihr herzliches Lachen aufzunehmen und ihre lieben Worte zu spüren. Mit jedem Tag, der verging, fühlte sie, wie ihre Liebe zu dieser Frau stärker wurde. Sie freute sich schon so sehr, sie an diesem Abend endlich wiederzusehen, dass sie schon allein bei dem Gedanken an sie Herzklopfen bekam.

„Denkst du gerade an sie?", fragte Elfi, als sie sah, dass ihre Freundin mal wieder mit einem verträumten Blick Löcher in die Luft starrte.

„Jesses, sieht man mir das schon an?", lachte Carina und zwinkerte Elfi zu.

Sie saßen gemütlich in dem kleinen Café am See, welches für Freitagmittag schon sehr gut besucht war. Es war ein kleines Ausflugslokal, das auch für romantische Stunden optimal geeignet war. Der Inhaber, man nannte ihn einfach nur „Max", legte sehr viel Wert darauf, dass seine Gäste sich bei ihm wohl fühlten, ob draußen auf der Sommerterrasse oder drinnen am urigen, offenen Kamin. Carina und Elfi saßen draußen, an einem kleinen, runden Tisch mit direkter Aussicht auf den See. Sie ließen sich Kaffee und Kuchen schmecken, schwelgten in alten Zeiten und beobachteten die wenigen Segelboote. Der Nachmittag verging wie im Fluge und man spürte, dass es langsam auffrischte. Der Wetterbericht hatte bereits schon für den frühen Abend schwere Gewitter vorhergesagt.

„Komm, Elfi, lass uns zahlen und nach Hause fahren. Wenn's hier nämlich mal so richtig anfängt zu regnen, dann möchte ich nicht unbedingt mit dem Auto unterwegs sein."

Sie waren gerade vor Carinas Häuschen angekommen, als die ersten Donnerschläge zu hören waren. Das Unwetter nahte sehr schnell heran und so prasselte kurz danach auch schon starker Regen gegen die Scheiben. Carina machte sich einen Kakao und ging hinüber ins Wohnzimmer. Sie knipste die Lampe in der Ecke an, legte eine CD mit entspannender Musik ein und machte es sich dann auf dem Sofa so richtig bequem. Elfi setzte sich in den großen Schaukelstuhl und lauschte der Musik. Es lag eine angenehme, ruhige Atmosphäre im Raum, die allerdings durch das Klingeln von Elfis Handy unterbrochen wurde.

„Aha, das ist entweder mein Schatz Jasmin oder dein Schatz Marcel", stellte Carina lächelnd fest.

„Hallo, hier ist Elfi Gielow. ... Wie bitte, ... nein, ... ja natürlich, ... sofort!"

Carina konnte keinen Zusammenhang des Gespräches erkennen, sie spürte aber, dass es keine gute Nachricht war.

Elfi legte das Handy beiseite. Ihr liefen die Tränen die Wangen hinunter. Wie in Trance setzte sie sich neben Carina aufs Sofa.

„Elfi, um Gottes willen, was ist passiert? Ist was mit Marcel?"

Elfi schüttelte den Kopf. Langsam drehte sie sich um und schaute Carina in die Augen. „Carina! Es war das Marien-Krankenhaus hier in Breisach. Jasmin hatte einen schweren Autounfall. Es steht sehr schlimm."

„Nein, nein!" Carina schlug die Hände vors Gesicht und fing an zu weinen. Elfi nahm sie in den Arm und beide ließen ihren Tränen erst mal freien Lauf. Carina war die Erste, die sich nach einiger Zeit wieder etwas gefangen hatte.

„Komm, Elfi, lass uns zu ihr fahren. Hier werden wir nur verrückt!"

Carina wusste, wie sehr dieser Unfall jetzt bei Elfi alte Wunden aufriss. Lange hatte Elfi gebraucht, um den Tod ihres Mannes zu verkraften, den sie ebenfalls bei einem Autounfall verloren hatte. Sollte sie nun auch noch ihre Schwester auf die gleiche Weise verlieren? Nach einer Stunde kam das Taxi endlich am Eingang des kleinen Krankenhauses an, welches hauptsächlich von Nonnen geleitet wurde. So wurden sie auch gleich persönlich von einer Schwester in schwarzer Tracht empfangen und zu dem leitenden Arzt der Intensivstation gebracht. Dr. Timmy König war schon ein älterer Herr. Carina schätzte ihn auf Mitte fünfzig. Er machte einen väterlichen Eindruck, was beiden in dem Moment sehr gut tat. Er bat Carina und Elfi in sein Ärztezimmer und berichtete dann über den Gesundheitszustand von Jasmin. Die Situation war sehr ernst und Dr. König machte ihnen deshalb auch keine Hoffnungen, die er vielleicht nicht einhalten konnte. Jasmin war gerade von der Autobahn abgefahren und schon auf der Bundesstraße nach Breisach gewesen, als ihr von einem Lkw die Vorfahrt genommen wurde. Durch den starken Zusammenprall wurde sie in ihrem Wagen total eingequetscht und konnte nur mithilfe der Feuerwehr aus dem Wagen geborgen werden. Sie erlitt mehrere Schnittverletzungen, ihre Leber und Milz waren angerissen und das rechte Bein war gebrochen. Das Schlimmste aber war die Kopfverletzung. Dr. König schaute über den Rand seiner Brille hinweg, nahm seine Brille dann aber ab und sagte in einem sehr mitfühlenden Ton: „Die Schnittverletzungen haben wir versorgt und auch das Bein ist bereits eingegipst. Die Risse in der Leber und in der Milz haben wir bereits operativ geschlossen und auch die Kopfverletzungen, soweit es möglich war. Allerdings ist Frau Berger immer noch im Koma, das heißt, sie ist nicht bei Bewusstsein und ich muss Ihnen leider sagen, dass die kritische Phase erst noch kommt. Diese Nacht wird für ihr Überleben sehr wichtig sein."

Elfi schlug die Hände vors Gesicht. Sie wollte das alles nicht mehr hören, sie konnte es nicht ertragen.

„Können wir zu ihr?", fragte Carina, die nach außen hin gefasster schien als Elfi.

„Ja, ich bringe Sie zu ihr. Aber Frau Martens, denken Sie, dass Sie das hier wirklich durchstehen?" Dr. König hatte natürlich bemerkt, in welchem Zustand sie war, und wollte nichts riskieren.

Carina nickte nur und so begleiteten sie Dr. König zur Intensivstation. Sie zogen sich die sterilen grünen Kittel über, legten einen Mundschutz an und folgten dem Arzt, der bereits langsam vorging.

Sie betraten das Zimmer, welches nur spärlich beleuchtet war. Es gab nur ein Bett in diesem Zimmer, unzählige Apparate, Kabel und Lichter. Hier und da ertönte ein Signal, welches dann von der Krankenschwester überprüft wurde.

„Sie brauchen keine Angst zu haben – diese Signale sind ganz normal", sagte die Schwester zur Beruhigung.

Carina trat näher an das Bett heran und erschrak im ersten Augenblick. Oh Gott, was musste sie nur durchgemacht haben. Sie spürte, wie Dr. König sie leicht an den Schultern nahm und sie in Richtung Stuhl schob, wo sie sich mit zitternden Knien niederließ. Elfi setzte sich ebenfalls auf den Stuhl an der anderen Seite des Bettes. Ihr liefen die Tränen. Warum musste sie das alles noch einmal erleben? Hatte all das damals nicht gereicht?

Carina ging zu ihr rüber, reichte ihr ein Taschentuch und nahm sie in den Arm. „Kopf hoch, Elfi. Jasmin wird wieder ganz gesund, ich spüre das!" Obwohl sie selbst jetzt am liebsten geweint hätte, wusste sie, dass ihr dies zwar jetzt gutgetan hätte, aber nicht Elfi. Sie konnte später immer noch weinen, aber nicht jetzt. Für Elfi war das alles dann aber doch zu viel. Sie ging mit Dr. König hinaus. Carina ging ihr nicht nach. Sie wollte bei Jasmin bleiben und für sie da sein, wenn sie aufwachte. Es herrschte eine mystische Stille, die nur von den Geräuschen der Geräte begleitet wurde. Die Nachtlampe gab eine spärliche Beleuchtung ab und Carina fror ein wenig. Es überkam sie plötzlich das Bedürfnis zu beten. Sie faltete ihre Hände und begab sich gedanklich in eine andere Sphäre. Sie war keine Kirchengängerin, aber sie war überzeugt davon, dass es da etwas gab zwischen Himmel und Erde, das man nicht sehen, fühlen oder riechen konnte. Aber es war da, wenn man es brauchte. Und diese Einstellung hatte ihr schon so oft Halt und auch Hoffnung gegeben, gerade in Phasen, als sie selbst dachte, es ginge nicht mehr weiter. Eine ganze Weile war sie so ganz intensiv mit ihren Gedanken und Vorstellungen beschäftigt, bis sie die Krankenschwester bemerkte, die ihre Routineüberprüfung machte. Ein paar Minuten später waren sie aber auch schon wieder allein.

Carina betrachtete Jasmin sehr lange. Ihre markanten Gesichtszüge waren trotz des Verbandes nicht zu übersehen. Carina beugte sich nach vorne und berührte mit ihren Lippen ganz zärtlich die ihrigen. Erwiderte sie gerade ihren Kuss oder bildete sie sich das jetzt nur ein?

„So weit bin ich jetzt schon, meine Süße. Vor lauter Verliebtheit sehe und spüre ich schon Dinge, die gar nicht sein können." Carina lächelte und streichelte dabei ganz vorsichtig über Jasmins Wange. Sie wusste, dass Koma-Patienten hören und auch alles aufnehmen konnten. Sie konnten sich nur nicht nach außen hin artikulieren.

Es war schon in den frühen Morgenstunden, als Carina dann doch die Müdigkeit überfiel. Sie saß die ganze Nacht über am Bett, streichelte die Hände von Jasmin und erzählte ihr dabei viele Dinge aus ihrem Leben. Irgendwann aber legte sie dann ihren Kopf auf Jasmins Brust und fiel direkt in einen tiefen Schlaf. Sie wachte erst auf, als sie ein leichtes Streicheln an ihrem Ohr spürte. Das Gefühl war so schön, dass Carina ihre Augen noch ein bisschen geschlossen hielt und einfach nur das Streicheln genoss. Langsam öffnete sie dann aber doch ihre Lider und schaute in ein lächelndes Gesicht.

„Guten Morgen, meine Kleine", kam es zwar sehr leise, aber voller Liebe aus Jasmins Mund. Jedes Wort strengte sie noch an, das konnte man sehen. Carina hob ihren Kopf und gab ihr einen zärtlichen Kuss. Ihr liefen Tränen der Erleichterung die Wangen hinab. Jasmin streichelte über ihr Gesicht und wischte die Tränen fort.

„Bitte nicht weinen, Kleines!"

„Das sind Tränen des Glücks, die weine ich gerne."

„Was macht unser Zwerg?", fragte Jasmin mit einem Zwinkern.

„Unserem Zwerg geht es sehr gut. Er freut sich schon, bald mit dir schmusen zu dürfen." Carina legte ihren Kopf wieder auf Jasmins Brust und spürte ihren Herzschlag. Sie wusste, dass nun alles gut werden würde.

Dann ging die Tür auf. Elfi und Dr. König kamen ins Zimmer herein. Jasmin hob leicht die Hand und lächelte ihrer Schwester zu.

„Na, Frau Berger, habe ich Ihnen nicht eine tolle Nachtschwester geschickt?" Dr. König schien sichtlich erleichtert, dass seine Patientin diese Nacht so gut überstanden hatte, und nahm Carina väterlich in seinen Arm. Er schaute erst Jasmin an, sprach dann aber in einem etwas gespielten, ernsten Ton zu Carina: „Trotz großer Liebe, als ärztliche Anweisung verordne ich Ihnen und dem Baby jetzt allerdings Ruhe. Sie werden jetzt zusammen mit Frau Gielow nach Hause fahren und sich etwas ausruhen. Ihre Liebste ist hier in besten Händen."

„Davon bin ich überzeugt", sagte Carina sehr erleichtert. Sie beugte sich noch mal zu Jasmin hinunter, gab ihr einen zarten Kuss, zuerst auf die Nasenspitze und dann auf ihren Mund. Sie flüsterte ihr noch ein paar liebe Worte ins Ohr, bevor sie dann müde, aber glücklich nach Hause fuhr.

Die nächsten Wochen waren für Carina sehr anstrengend. Tagsüber versuchte sie, sich einigermaßen auf ihre Arbeit zu konzentrieren, und abends besuchte sie Jasmin im Krankenhaus. Ihre Kollegin Leonie unterstützte sie sehr, sodass sie sich auch tagsüber mal kurz hinlegen konnte. Die seit Tagen herrschende Sommerhitze machte Carina schwer zu schaffen.

„Der Sommer macht dieses Jahr seinem Namen wirklich alle Ehre. Diese hohen Temperaturen und so viel Sonne pur. Na ja, die nächsten paar Wochen werde ich auch noch durchstehen. Hoffe nur, dass sich Dr. Kampen mit dem Geburtstermin nicht verrechnet hat", lachte Carina und setzte sich zu Fabienne an den Schreibtisch.

„Sie haben jetzt so viel geschafft, Carina, dass das, was jetzt noch kommt, ein Kinderspiel für Sie wird." Fabienne war stolz auf ihre Chefin und freute sich, mit ihr zusammenarbeiten zu dürfen, aber auch eine mütterliche Freundin für sie sein zu können.

„Fahren Sie nachher wieder ins Krankenhaus?"

„Was für eine Frage, Fabienne. Natürlich." Carina lächelte. „Jasmin erholt sich von Tag zu Tag mehr und wird voraussichtlich nächste Woche das Krankenhaus verlassen können."

„Das freut mich für Sie beide, vor allem werden auch Sie etwas mehr Ruhe brauchen die nächste Zeit."

„Vielen Dank für die Fürsorge, Mama Fabienne." Carina lachte herzlich, ging hinüber zu Fabienne und drückte sie. „Schön, dass ich Sie habe, Fabienne", gab ihr ein Küsschen auf die Wange und war auch schon auf dem Weg zu ihrem Auto. Fabienne stand am Fenster und schaute ihr nach. Eine kleine Träne löste sich aus ihrem Auge. Jetzt aber mal nicht sentimental werden, Frau Sekretärin, sprach sie lächelnd zu sich selbst, setzte sich wieder an ihre Schreibmaschine und führte ihre Arbeit fort.

Carina wollte erst noch einkaufen, bevor sie zu Jasmin fuhr. In dem kleinen Tante-Emma-Lädchen kaufte sie ein paar Leckereien ein, eine Flasche Orangensaft und ein paar Zeitungen. Ich verwöhne Jasmin viel zu sehr, dachte sie, als sie wieder mit einer großen Tüte beladen das Krankenzimmer betrat. Als sie Jasmin dann aber sah, schlummernd auf ihrem Bett liegend, wusste sie genau, dass sie das Richtige tat.

„Hallo Knuddelmaus, aufwachen!" Carina küsste sie zart auf ihren Mund. Jasmin öffnete ein Auge, grinste frech, zog sie zu sich herab und vervollständigte den Kuss mit einer Portion Intensität und Leidenschaft.

„Es wird Zeit, dass die Dame entlassen wird", lachte Carina, als sie zwischendurch mal zum Luftholen kam. „Ich stelle nämlich fest, dass der Hormonspiegel der Patientin schon wieder ganz in

Ordnung ist.“

„Der Hormonspiegel der Patienten war noch nie so gut wie jetzt.“ Jasmin lachte laut, nahm Carina in den Arm und knabberte an ihrem Ohrläppchen. „Du, ich habe euch zwei vermisst. Ich werde jetzt den Antrag auf ein zweites Bett stellen, dann habe ich euch den ganzen Tag bei mir. Meinst du, der Doktor würde das erlauben?“

Carina lachte herzlich, löste sich aus ihrer Umarmung und packte die Leckereien aus.

„Ich habe was tolles zum Knabbern mitgebracht und etwas Orangensaft, magst du?“

„Hm, ich würde jetzt eigentlich viel lieber etwas an dir herumknabbern, wenn ich darf.“

„Tut mir leid, mein Schatz, aber strikte ärztliche Anweisung von Dr. König. Keine unnötige Aufregung und vor allem keine Erregung.“

Jasmin machte einen Schmollmund. „Das ist aber keine gute Therapie. Wie soll ich denn da gesund werden?“ Sie zwinkerte frech und gab ihr noch ein kleines Küsschen auf die Nasenspitze.

Carina liebte solche Gespräche. Sie hatten so etwas total Erotisches an sich, vor allem mit viel Stil, und darauf legte sie großen Wert. Sie mochte diese Art der Eroberung, das liebevolle, etwas Zweideutige, in das man selbst den Inhalt hineininterpretieren konnte. Mit Jasmin konnte sie diese Art Gespräche ohne

Bedenken führen, sie hatte vollstes Vertrauen zu ihr. Carina breitete die Leckereien und die Getränke auf dem kleinen Tisch auf dem Balkon aus, wo die Krankenhausatmosphäre nicht ganz so stark zu spüren war.

„Ich werde am Donnerstag nach Hause entlassen."

„Am Donnerstag schon? Oh, wie schön! Endlich – ich freu mich."

„Ja, ich mich auch. Und am Freitagabend hole ich dich ab und wir gehen ganz romantisch essen. Schließlich haben wir noch eine Verabredung ausstehen."

Carina neckte Jasmin und spielte die Nachdenkliche. „Oh, einen Moment, da muss ich erst mal in meinem Terminkalender nachschauen, ob ich an diesem Abend überhaupt Zeit habe."

„Sie werden doch wohl diese Einladung von der bestaussehendsten, höflichsten und sympathischsten Unternehmerin weltweit nicht ausschlagen wollen, oder?"

„Eine solche Einladung würde ich schon ausschlagen", sagte Carina lächelnd, „aber eine Einladung von der Frau meines Herzens, die nehme ich gerne an."

Jasmin nahm Carinas Kopf in ihre Hände und küsste sie dermaßen zärtlich, dass sie fast das Gefühl hatte, ohnmächtig zu werden.

„Ich habe noch nie eine Frau so geliebt wie dich, Carina. Ich danke Gott, dass ich dich kennenlernen durfte."

Carina legte ihren Kopf an ihre Schulter und genoss dieses wunderschöne Glücksgefühl.

„Ich liebe dich auch so sehr. Ich bin so glücklich und ich wünsche mir, dass dies immer so bleibt."

„Ich werde alles Notwendige dazu tun, mein Kleines", lächelte Jasmin sie an.

Die Zeit verging viel zu schnell und es war schon relativ spät, als Carina das Krankenhaus verließ. Sie ging langsam über den Flur, der zum Ausgang führte. Dieser Gang verursachte bei ihr immer wieder ein gewisses Unwohlsein und sie war froh, dass Jasmin übermorgen das Krankenhaus verlassen konnte und sie diese Räumlichkeiten dann nicht mehr aufsuchen musste.

„Hallo Frau Martens, ich grüße Sie."

Carina war gerade dabei, ihr Auto aufzuschließen, als sie diese, ihr unbekannte Stimme hörte. Sie drehte sich um und sah einen großen, dunkelblonden Herrn auf sich zukommen.

„Sie kennen mich nicht mehr, stimmt's?"

„Moment – ach jetzt weiß ich wieder. Dr. Graves, nicht wahr?"

Dr. Graves war Urologe. Vor drei Jahren hatte er sich mit einem anderen Arzt zusammengetan und ihr Exmann hatte damals die rechtliche Seite der Zusammenlegung betreut. Bei einem solchen Termin hatten sie sich dann auch kennengelernt.

„Schön, dass wir beide uns auch mal wieder sehen. Ihren Mann sehe ich ja fast regelmäßig, aber Sie sind ja nie dabei."

„Ist Ihre Zusammenlegung noch nicht abgeschlossen?", fragte Carina sichtlich irritiert.

„Doch natürlich. Ihr Mann kam noch 2x wegen der Nachuntersuchungen zu mir. Aber wie ich sehe, hat er die Wartezeit damals nicht abgewartet."

„Dr. Graves, ich verstehe im Moment gar nichts. Welche Nachuntersuchungen, welche Wartezeit?"

„Aber Frau Martens, haben Sie es schon vergessen? Ihr Mann hat als Testperson an dem neuen Forschungsprojekt teilgenommen. Er sich doch sterilisieren lassen. Ich hatte ihm abgeraten und ausdrücklich gesagt, dass diese neue Methode noch nicht 100% sicher ist. Aber er wollte unbedingt an dieser Studie teilnehmen."

Dr. Graves runzelte die Stirn. „Komisch, dass Ihr Mann bisher nichts davon erwähnt hat, dass die OP doch nicht erfolgreich war. Er hat mir von der Schwangerschaft gar nichts erzählt,. Na ja, dann wünsche ich Ihnen alles Gute und grüßen Sie mir bitte Ihren Mann."

Carina stand da wie angewurzelt und es dauerte einige Minuten, bis sie sich in ihr Auto setzte. Ihr war so, als hätte sie gerade ein Blitz getroffen. Das konnte doch nicht wahr sein. Die ganze Zeit hatte ihr Exmann ein Spiel mit ihr gespielt. Er wusste doch, wie sehr sie sich Kinder wünschte. Immer und immer wieder hatte er sie auf später vertröstet und dabei ganz genau gewusst, dass er eigentlich gar keine Kinder mehr zeugen konnte. Carina fuhr wie in Trance nach Hause. Ihr war total übel. Sie ging hinauf ins

Wohnzimmer und legte sich auf die Couch. Mit was hatte sie so einen Vertrauensbruch verdient? Warum hatte er nicht ehrlich mit ihr darüber reden können, dass er auf keinem Fall Kinder haben wollte? Warum betrog er sie auch noch auf diese Art und Weise? Carina kamen die Tränen vor Wut, aber hauptsächlich vor Enttäuschung.

Jetzt verstand sie auch die Bedeutung seiner Reaktion auf die Baby-Nachricht: „Carina, das kann nicht sein." Natürlich konnte das nicht sein, nur er wusste ja, dass er sich hat sterilisieren lassen. Aber er dachte scheinbar auch, dass der Eingriff sicher war. Deshalb auch der Schock, als er feststellen musste, dass er doch noch Kinder zeugen konnte.

Carina überlegte, wann die Zeugung eigentlich passiert war. Klar, an dem Tag wo sie von der Schweiz zurück kam und sie diesen etwas härteren Sex hatten. Carina wurde es schlecht als sie daran dachte. Das war das Ergebnis ihrer letzten Sex-Minuten. Ihr wurde schwindlig. Sie bekam tatsächlich ein Kind von dem Mann, der ihr Vertrauen über alles missbraucht hatte.

Carina musste diese Nachricht jemandem mitteilen. Normal wäre es gewesen, mit Jasmin darüber zu reden. Aber sie wollte sie damit nicht belasten. Das wird sie ihr erst erzählen, wenn sie wieder aus dem Krankenhaus war. Elfi? Klar, Elfi, was lag näher? Elfi war vor einer Woche wieder in die Schweiz zurückgefahren. Sie wusste, dass ihre Schwester auf dem Wege der Besserung war, und konnte hier somit nichts mehr tun. Carina wählte die Nummer von Elfi und hörte das Rufzeichen. Es meldete sich niemand, sie wollte gerade wieder auflegen, als sie plötzlich doch Elfis Stimme hörte.

„Elfi Gielow."

„Hallo Elfi, hier ist Carina."

„Carina? Oh Gott, was ist passiert? Ist was mit Jasmin?"

„Nein, nein, es ist nichts passiert und Jasmin geht es gut. Elfi, ich muss dir was erzählen, was ich heute erlebt habe. Halt dich gut fest."

„Carina, du weißt, ich hasse Überraschungen."

„Ja, ja, aber das muss ich einfach los werden."

Carina erzählte ihr von dem Treffen mit Dr. Graves, von der Reaktion ihres Exmannes auf die Kindernachricht und wie sie das jetzt alles in Zusammenhang bringt.

„Oh Carina, das gibt es doch alles nicht. Das hätte ich dem Kerl niemals zugetraut, ich dachte, er liebt dich. Dieser Schuft, dem werde ich die Leviten lesen, wenn ich ihn mal wieder sehe..."

„Elfi, beruhige dich", unterbrach Carina den Wortschwall und lachte nun herzlich ins Telefon.

„Wie kannst du da noch lachen? Er hat dich ausgenutzt, betrogen, gedemütigt." Elfi war außer sich. Alles konnte sie verstehen, aber keine Unehrlichkeit.

„Elfi, ich bin super glücklich das es so ist. Jetzt weiß ich, dass auch die Worte meines Exmannes, dass er mich noch liebt und mich zurückhaben will, alles nur Lügen waren. Jetzt bin ich auch von Gefühl her frei, frei für Jasmin. Und noch was, stell dir vor er war bei seinen anderen Frauen auch so sicher, dass er Rammeln konnte ohne eine Verantwortung übernehmen zu müssen, und jetzt hat er vielleicht mehrere Vaterschaftsklagen am Hals. Ohh was gönne ich ihm viele Kinder." Carina lachte wieder herzlich ins Telefon.

Elfi war zuerst sprachlos, dann sauer, dann wütend. Aber dann, nachdem sie spürte wie locker es jetzt doch Carina nahm, war die Freude groß. An diesem Abend ging Carina überglücklich zu Bett und freute sich schon auf Freitagabend.

Kapitel 11

Jasmin fuhr pünktlich um 20.00 Uhr vor Carinas Haus vor. Sie trug eine modische, engsitzende dunkelgrüne Jeans und dazu ein sportliches, kurzärmliges weißes Hemd. Ihre Haare waren wie immer toll frisiert. Carina sah durch das Fenster in der Diele und erblickte Jasmin, die gerade pfeifend den Weg heraufkam.

„Mensch, sieht diese Frau gut aus!", sagte sie leise zu sich selbst. Carina schaute nochmals in den Spiegel und war auch mit ihrem Aussehen sehr zufrieden. Sie hatte einen beigefarbenen, kurzen Rock an. Darüber trug sie in der gleichen Farbe eine ärmellose Jacke mit einem schönen V-Ausschnitt. Die Jacke war etwas länger, sodass man von dem Rock nur ein wenig sehen konnte. Um ihren Hals trug sie einen braun-beigefarbenen Seidenschal, der ihre wohlgeformte, leicht gebräunte Oberweite schön zur Geltung brachte.

Carina ging zur Tür, um Jasmin zu öffnen.

„Guten Abend, ich habe eine Verabredung mit einer Frau Carina Martens. Bin ich da richtig hier?", fragte Jasmin lachend. Sie wartete aber erst gar keine Antwort ab, sondern nahm Carina einfach in den Arm und küsste sie.

Carina schloss nach dem intensiven Begrüßungskuss zuerst mal die Haustür.

„Wollen wir erst noch eine Kleinigkeit trinken oder gleich

fahren?"

„Ich habe für 20.30 Uhr einen Tisch reserviert und du kennst doch meine Pünktlichkeit", erwiderte Jasmin mit einem Lächeln im Gesicht.

„Das stimmt, die kenne ich, also fahren wir gleich." Carina lachte.

Pünktlich kamen sie an dem kleinen Restaurant an. Es lag etwas außerhalb von Breisach, in einem kleinen Dörfchen. Carina war hier noch nie gewesen, sie war aber sehr angenehm überrascht. Es war ein kleines, aber sehr schickes Restaurant. Die Einrichtung entsprach einem italienischen Stil. Auf den überwiegend kleinen Tischen, die in einer Art Nischenform voneinander getrennt waren, standen Kerzen, die dem Ganzen noch eine besondere Atmosphäre verliehen.

„Guten Abend, Frau Berger, darf ich Sie zu Ihrem Tisch bringen?"

Ein schon älterer Herr in einem dunkelgrauen, sehr eleganten Jackett brachte sie zu dem kleinen Tisch, der zwar etwas weiter hinten stand, aber dafür eine sehr schöne Aussicht auf den beleuchteten Park bot. Er übergab ganz galant die Karte und nahm die Bestellung eines Aperitifs gleich entgegen. Jasmin übernahm dann auf Bitten von Carina hin die Auswahl des Weines und auch des Essens.

„Weißt du, Liebes, wie sehr ich mich auf diesen Abend gefreut habe", sagte Jasmin und streichelte dabei ihre Hände.

„Ich denke schon. Ich habe mich auch sehr auf diesen Abend gefreut. Eigentlich schon damals, an diesem Freitag, als du mich nach deiner Tagung abholen wolltest. Dann aber habe ich ja statt deines Anrufes diese schlimme Nachricht von dem Unfall bekommen. Diesen Tag, glaube ich, werde ich nie mehr vergessen."

„Das kann ich mir gut vorstellen, was für ein Schock das gewesen sein muss. Aber es ist ja alles gut geworden."

„Gott sei Dank." Carina streichelte ihr zärtlich über die Wange.

„Weißt du, an was ich mich besonders gerne erinnere?", fragte Jasmin mit glänzenden Augen.

„Nein, sag's mir!"

„An unsere heiße Liebesnacht nach deiner Einweihungsfeier." Jasmin schmunzelte.

Carina musste herzlich lachen, konterte dann aber sehr raffiniert. „Wünschst du eine Fortsetzung, eventuell gleich hier?"

Jetzt musste auch Jasmin herzlich lachen. „Ich glaube, ich werde noch einen Augenblick von meinen Fantasien zehren müssen, aber spätestens nach dem Hauptgang werde ich dich als Nachtisch vernaschen. Obwohl, so eine kleine Vorspeise..."

Jasmin ließ ihre rechte Hand unter dem Tischtuch verschwinden und streichelte ganz zart über Carinas Oberschenkel.

„Wirst du dich wohl benehmen", flüsterte Carina und schaute herum, ob sie jemand beobachtete. Aber der Tisch lag so versteckt, dass niemand sie sehen konnte.

„Soll ich mich wirklich benehmen?", fragte Jasmin mit einem Zwinkern und ließ ihre Hand langsam unter Carinas Rock wandern.

„Du fühlst dich so angenehm warm an. Weißt du, wozu ich jetzt Lust hätte?"

Jasmin küsste sie ganz zärtlich auf den Mund und schob langsam ihre Hand zwischen Carinas Schenkel. Ihre Finger wanderten ganz langsam die Schenkel entlang, immer weiter nach oben, Stück für Stück. Aber da wo normalerweise etwas Störendes kommt, kam nichts. Sie spürte kein Höschen, keinen Slip. Carina grinste als sie Jasmins überraschtes Gesicht sah, als sie den fehlenden Slip bemerkte. Jasmin was sehr positiv überrascht, als sie feststellte, dass Carina unter ihrem Rock nichts, aber auch rein gar nichts darunter trägt.

Jasmin näherte sich einer heißen, sehr feuchten Spalte und schob den Rock etwas höher. Carina spreizte leicht ihre Schenkel. Jasmins Finger fingen an die kleine Lustperle zu massieren. Ihre Streicheleinheiten wurden etwas schneller und auch fester. Doch plötzlich spürte Carina etwas Eiskaltes an ihre Grotte. Sie hatte das Gefühl, als ob Jasmin gerade mit einem Eiswürfel über ihre heiße Lustspalte rieb. Sie zuckte etwas zusammen, wollte abwehren, wollte ihre Schenkel zusammendrücken. Aber dafür tat es wieder zu gut und sie spreizte ihre Schenkel so gar noch etwas weiter auseinander. Was war das, was ihre Muschi fast zum Überlaufen brachte?

„Psst, genieße es einfach!" hörte sie Jasmin sagen, die das Feuerwerk unter der Tischdecke erahnte.

„Was ist das?" flüsterte Carina.

„Es ist die runde Schale vom Suppenlöffel."

Carina stöhnte leicht auf. Das hatte sie noch nie erlebt. Jasmin massierte mit der Rundung des Löffels ihren Kitzler. Dann drehte sie den Löffel um und strich mit dem Stiel ganz zart durch ihre Spalte. Nach oben und dann wieder nach unten. Carinas Atem ging immer schneller. Sie spürte wie ihre Pflaume tropfte.

„Wenn du jetzt nicht aufhörst, Jasmin, bekomme ich gleich hier einen lautstarken Höhepunkt, sodass wir dann sicher Hausverbot bekommen werden", hauchte Carina ihr ins Ohr.

Jasmin lachte leise, brachte ganz anständig ihre Hand wieder zum Vorschein und flüsterte ihr lächelnd zu: „Wenn du möchtest, werde ich dich in Zukunft jede Nacht ganz zärtlich verwöhnen. Aber erst muss ich mich hier stärken."

„Na, dann stärke dich mal nicht zu wenig", flüsterte Carina immer noch erregt. Allein der Blick auf diesen Löffel, der vor ein paar Minuten noch für ein Feuerzauber an ihrer Lustgrotte sorgte, machte sie total durcheinander.

Jasmin nahm Carinas Kinn zärtlich zwischen ihren Daumen und Zeigefinger und schaute ihr tief in die Augen.

„Ich liebe dich, Carina."

„Ich liebe dich auch, Jasmin. Sehr sogar."

„Darauf sollten wir anstoßen." Jasmin hob ihr Glas. „Auf uns zwei und den kleinen Zwerg!"

„Nein", sagte Carina lächelnd.

„Nein?" Jasmin schaute total irritiert.

„Auf uns zwei, und auf mein und auf dein Kind. Jasmin, könntest du dir vorstellen mit mir zusammenzuziehen?" Carina musste lachen, als sie in das total verdutzte Gesicht von Jasmin sah.

„Das meinst du nicht im Ernst, oder?"

„Doch Schatz, das ist mein voller Ernst."

Jasmin stieß einen so lauten Jubelschrei aus, dass der Oberkellner gelaufen kam und fragte, ob alles in Ordnung sei.

„Ich werde Mama, ist das nicht toll?", rief Jasmin so laut, dass es eigentlich jeder im Restaurant hören musste.

Der Ober schaute etwas irritiert auf Carinas Bauch. „Herzlichen Glückwunsch, aber, na ja, eigentlich sieht man das doch schon seit Längerem, oder?"

Carina und Jasmin schauten sich an und begannen laut und herzlich zu lachen. Dann erzählte ihr Carina auch ganz ausführlich von dem Treffen mit Dr. Graves. Es wurde ein sehr schöner, lustiger Abend, bevor beide dann schließlich um Mitternacht den Heimweg antraten.

„Bleibst du heute Nacht bei mir?", fragte Carina, als sie die

Haustüre aufschloss.

„Das würde ich sehr gerne und das weißt du auch." Jasmin nahm sie in den Arm und küsste sie. „Aber ich treffe morgen sehr früh schon japanische Geschäftspartner, die bis Mitte nächster Woche bleiben werden, und ich muss hierfür noch ein paar Unterlagen vorbereiten."

Carina war die Enttäuschung anzumerken.

„Bitte, Liebes, nicht enttäuscht sein. Dieser Besuch ist sehr wichtig für mich, aber danach habe ich viel Zeit für dich und unser Baby." Jasmin streichelte über ihre Wange, küsste sie nochmals zärtlich und ging zurück zum Auto.

Carina schaute ihr noch nach, bis ihr Auto um die Ecke bog. Ich hätte sie so gerne bei mir gehabt, heute Nacht, dachte sie bei sich, wischte sich eine kleine Träne aus dem Gesicht und ging ins Haus.

„Guten Morgen Carina, ein schönes Wochenende gehabt?" Fabienne begrüßte Carina, die schon in ihrem Büro saß und eine Arbeitsmappe durcharbeitete.

„Hallo, guten Morgen Fabienne. Danke der Nachfrage. Mein Wochenende war sehr ruhig. Ich habe gefaulenzt, mich um meine äußere und innere Schönheit gekümmert und etwas gelesen."

„Das hat Ihnen offenbar sehr gutgetan, Sie sehen nämlich hervorragend aus."

Carina lachte, freute sich aber über das Kompliment.

„Wie geht es Frau Berger?"

„Gut, hoffe ich. Wir haben gestern einmal ganz kurz telefoniert. Er hat momentan ausländische Geschäftspartner da und somit leider wenig Zeit. Aber mal etwas anderes, Fabienne. Hat heute Ihre Schwester nicht Geburtstag?"

„Ja, wenn es möglich ist, würde ich deshalb gerne um 12.00 Uhr gehen und so einen halben Tag frei nehmen."

„Na klar, gehen Sie zu dem Geburtstag. Ich diktiere heute noch ein Angebot fertig, sodass Sie dieses dann morgen tippen können."

Fabienne hatte sich für heute die Ablage vorgenommen und Carina war mit einem neuen kleineren Projekt beschäftigt. So ging der Morgen auch sehr schnell um. Kurz vor 12.00 Uhr, Fabienne machte sich gerade zum Gehen fertig, betrat eine sehr elegant gekleidete Dame das Büro und wünschte Carina zu sprechen.

„Gehen Sie ruhig, Fabienne, ich bringe die Dame nachher selbst hinaus." Carina bat die Dame in ihr Büro und bot ihr an, sich doch zu setzen.

„Was kann ich für Sie tun, Frau ...?"

„Ich heiße Maureen Gabler und bin die Verlobte von Jasmin Berger."

Carina war froh, dass sie bereits saß. Die Verlobte von Jasmin. Jasmin war verlobt? Was wollte diese Frau von ihr?

„Was kann ich für Sie tun?" Carina versuchte, sich ihre Unsicherheit nicht anmerken zu lassen.

„Frau Martens, ich möchte Sie bitten, meine Verlobte in Ruhe zu lassen. Sie liebt Sie nicht, sie benutzt Sie nur. Jasmin und ich werden wieder zusammenziehen."

Vor Carinas Augen begann sich alles zu drehen. Hörte sie jetzt richtig oder bildete sie sich das alles nur ein? Wie kam diese Frau dazu, solche Äußerungen zu machen? War das ein Spiel von ihr oder war es wirklich die Wahrheit? Was hatte das alles zu bedeuten? Sie musste jetzt vor allem eines: stark bleiben.

„Warum sollte ich Ihnen glauben?", fragte Carina kühl.

„Diese Frage ist gerechtfertigt. Jasmin hat Ihnen sicher erzählt, dass sie am Wochenende Geschäftspartner zu Besuch hat. Das stimmt nicht, sie war das ganze Wochenende mit mir zusammen. Mit mir und meiner Tochter. Jasmin und ich waren über 10 Jahre zusammen, aber aus bestimmten Gründen für einige Wochen getrennt. Gründe die hier jetzt nichts zur Sache tun.

Dabei zog sie ein Bild aus ihrer Tasche und legte es vor Carina hin. Das Bild zeigte zweifellos Jasmin, diese Frau und ein junges Mädchen, vielleicht 8 oder 10 Jahre alt.

„Meine Tochter ist sehr krank und würde eine Trennung von Jasmin, die wie ein Vater oder besser gesagt wie eine zweite Mutter für sie ist, nicht überstehen. Das sieht auch Jasmin so und deshalb werden wir wieder zusammen gehen. Oder hat Jasmin Ihnen gegenüber schon jemals erwähnt, dass sie Sie heiraten würde?"

Nein, das hatte sie tatsächlich nicht. Sie sprach zwar von Liebe, aber als Carina sie fragte, ob sie zusammenziehen möchten, machte Jasmin nur ein total verdutztes Gesicht, gab aber keine Antwort auf ihre Frage. Daran konnte sich Carina noch sehr gut erinnern. Jasmin hatte nur einen Jubelschrei ausgestoßen, und diesen hat sie selbst als ein Ja interpretiert. Und warum hatte Jasmin nie von einer „Tochter" gesprochen? Hatte sie so wenig Vertrauen zu ihr?

„Frau Martens, ich kann Jasmin ja gut verstehen. Sie sind jung, sehr attraktiv und dass Sie ein Baby von Ihrem Exmann erwarten, dass störte Jasmin nicht. Jasmin wollte nur Sex, das ist das Einzige was sie interessiert hat an Ihnen. Bitte, brechen Sie den Kontakt zu ihr ab und denken Sie an meine Tochter. Oder möchten Sie das wirklich, einem schwerkranken Kind die Hoffnung nehmen?" Maureen Gabler erhob sich, sie hatte alles gesagt, was sie sagen wollte.

„Sie brauchen keine Angst mehr zu haben, Frau Gabler, ich werde Ihrer Tochter nicht die zweite Mutter nehmen. Aber jetzt bitte ich Sie zu gehen!"

Carina kostete es große Kraft, diese Frau nach draußen zu begleiten. Als sie die Tür hinter sich geschlossen hatte, schlug sie die Hände vors Gesicht, sackte in die Knie und weinte ihre gesamte Enttäuschung heraus. Erst als sie ein leichtes Ziehen im Rücken verspürte, raffte sie sich auf und ging in ihr Büro zurück.

Sie setzte sich an ihren Schreibtisch und versuchte, etwas zu entspannen und ihre Gedanken zu sortieren, aber es gelang ihr nicht. Sie fühlte sich plötzlich so leer, so einsam und so maßlos verletzt. Sie erinnerte sich an das Mädchen auf dem Bild und an die Worte: „Möchten Sie das wirklich, einem schwerkranken Kind die Hoffnung nehmen?" Nein, das wäre das Letzte, was sie machen würde. Carina überlegte noch eine Weile. Plötzlich fällte sie einen Entschluss, ohne groß zu überlegen, was diese Entscheidung in ihrem Leben bewirken könnte.

Kapitel 12

„Meine sehr verehrten Damen und Herren. Wir werden in ca. 15 Minuten auf dem Flughafen Palma landen. Bitte legen Sie wieder Ihre Sitzgurte an und stellen Sie die Rückenlehne senkrecht. Kapitän Blum und seine Crew hoffen, Sie hatten einen angenehmen Flug und wir würden uns freuen, Sie bald wieder bei uns an Bord begrüßen zu dürfen."

Carina nahm die Durchsage nur beiläufig wahr.

„Geht es bei Ihnen mit dem Anschnallen?", fragte eine sehr zuvorkommende Stewardess.

„Vielen Dank, es ist alles in Ordnung", antwortete Carina mit einem Lächeln.

Alles in Ordnung? Nichts war in Ordnung! In ihrem Leben herrschte Chaos, wie es größer nicht sein konnte. Carina schloss die Augen und dachte zurück an jenen Nachmittag. Sie hatte nach dem Besuch vom Jasmins Verlobte in ihrem Büro gesessen und eigentlich all das Gehörte nicht wahrhaben wollen. Aber sie war viel zu gekränkt gewesen, um einen klaren Gedanken fassen zu können. Sie hätte Jasmin auch anrufen können, aber hätte sie die Wahrheit gesagt oder hätte sie gelogen? Hatte sie sie die ganze Zeit nur angelogen oder hatte sie immer die Wahrheit gesagt? Carina hatte keine Lust mehr auf dieses Ratespiel. Sie hatte sich dann sehr schnell entschlossen, alldem zu entfliehen und zu ihren Eltern zu fliegen. Sie hatte noch einen Platz in der

1. Klasse bekommen und gleich telefonisch für die 18–Uhr-Maschine nach Mallorca gebucht. Für Fabienne hatte sie noch einen Zettel mit einigen Anweisungen geschrieben, welche Projekte sie an Leonie weitergeben sollte etc. Natürlich hatte sie Fabienne auch mitgeteilt, dass sie zu ihren Eltern flog. Sie hatte Fabienne aber auch darum gebeten, dass niemand erfahren sollte, wo sie war. Insbesondere nicht Jasmin Berger. Sie hatte einfach nicht die Kraft, dieses Enttäuschungsspiel noch einmal durchzustehen. Sie würde ihr Baby auch alleine aufziehen können.

Es dauerte einige Zeit, bis Carina ihr Gepäck zusammen hatte und durch alle Kontrollen durch war. Sie bestieg ein Taxi und zeigte dem Taxifahrer die Adresse, wo sie hinwollte. Nach fast einer Stunde Fahrt sah sie dann in einiger Entfernung das kleine Fischerdörfchen. Es lag da wie in einem Märchen. Die Lichter brannten in den kleinen Häuschen und der Mond spiegelte sich in dem ruhigen Meer. Die letzten Fischer kamen gerade mit ihren Booten herein und andere waren schon dabei, ihre Netze für den nächsten Morgen vorzubereiten. Das Taxi fuhr langsam über die einzige vorhandene Hauptstraße. Die Menschen saßen vor ihren Häusern und genossen den Feierabend und ein paar ältere Männer spielten das traditionelle Boccia-Spiel. Sie kamen an der kleinen Bodega „Marios Bar" vorbei. Mario brachte gerade eine Karaffe Sangria an einen Tisch mit zwei Touristinnen. Als er sie im Taxi sah, winkte er ihr zu. Carina war in ihrem letzten Urlaub sehr oft bei Mario gewesen. Er hatte sie mit seiner humorvollen Art die Enttäuschung über ihren damals Noch-Ehemann Dominik etwas vergessen lassen. Sie fuhren aus dem Örtchen heraus und dann den schmalen Weg hinauf. Rechts und links standen hohe Pinien, man hörte die Grillen zirpen und in der Luft lag ein leichter Duft von Oleander. Carina liebte diesen Duft.

"Señora, estamos aquí. Son 20 Euros!"

Carina konnte ein wenig Spanisch verstehen. Sie zahlte und stand nun vor dem kleinen Häuschen ihrer Eltern. Ihre Eltern ahnten nichts und nun kam sie sich mit ihrem Koffer hier vor wie eine zurückgekehrte Ausreißerin. Erst jetzt spürte sie, wie erschöpft und kraftlos sie war. Sie ging den kleinen Gartenweg hinauf und lächelte, als sie überall im Garten die kleinen Lämpchen sah. Der Garten war die Perle ihres Vaters. Der Rasen war in einem satten Grün und überall blühte der Oleander. Es war noch sehr warm für diese Uhrzeit und vor allem war es sehr schwül, was Carina doch etwas zu schaffen machte. Carina betrat die kleine Veranda, auf der zwei alte Schaukelstühle und ein kleiner Tisch standen. Sicher saßen ihre Eltern auf der großen Terrasse, die sich auf der Rückseite des Häuschens befand. Sie klingelte und es ertönte eine kleine Melodie.

„Un momento por favor, yo vengo", hörte sie ihre Mutter von innen rufen, und schon ging die Tür auf.

„Carina! Ja Kind, wo kommst du denn her?"

„Ach Mama, woher wohl!"

„Komm, mein Schatz, lass dich erst mal drücken!"

Carina ließ sich wie früher von ihrer Mutter in den Arm nehmen und dann brach alles aus ihr heraus, was sich in den letzten Stunden so aufgestaut hatte. Ihr Vater hatte gemerkt, dass Besuch kam, und staunte nicht schlecht, als er Carina sah. Er fragte sie nichts, sondern nahm sie einfach nur in seinen Arm.

„Ich möchte gerne schlafen gehen, es war so ein anstrengender Tag für mich. Ich erzähle euch morgen alles."

Carina ging nach oben in das kleine Gästezimmer, wo sie das letzte Mal schon geschlafen hatte. Sie duschte noch, legte sich ins Bett und fiel Minuten später in einen tiefen Schlaf.

Waren es die Sonnenstrahlen, welche durch das Fenster kamen, die Carina weckten, oder war es der Duft des Kaffees? Carina reckte sich und setzte sich gähnend auf die Bettkante. Sie konnte vom Fenster aus das Meer sehen. Es war ganz ruhig und die Sonne ließ kleine silberne Reflexe auftauchen. Man konnte die Fischer sehen, wie sie ihre Netze einzogen, und weiter draußen, fast schon am Horizont, fuhr ein großes, weißes Passagierschiff langsam vorbei. Carina nahm eine Dusche, zog ein leichtes, buntes Sommerkleid über und ging hinunter.

„Das riecht ja köstlich", sagte sie und begrüßte ihre Eltern mit einem Küsschen.

„Hast du gut geschlafen, Kind?", fragte ihre Mutter wie immer besorgt.

„Ja, Mama, wir zwei haben sogar sehr gut geschlafen, nicht wahr Zwerg?" Carina streichelte über ihren Bauch und lächelte.

Während des Frühstücks erzählte Carina ihren Eltern sehr ausführlich, was sie so alles erlebt hatte in den letzten Wochen. Von ihrer Liebe zu Jasmin und natürlich auch von dem Überraschungsbesuch ihrer Verlobten.

Ihr Vater sagte hierzu nicht viel, außer: „Ich glaube nicht, dass Jasmin gelogen hat. Wenn ja, dann hätte ich mich sehr in ihr getäuscht."

„Tja, getäuscht und enttäuscht zu werden gehört halt mit zum Leben dazu."

„Liebst du sie noch?"

„Ach Papa, was spielt das noch für eine Rolle, ob ich sie liebe. Bitte entschuldigt mich." Carina wollte nicht, dass ihre Eltern ihre Tränen sahen. Sie stand auf und schlenderte durch den Garten. Sie ging vorbei an den einzelnen Palmen, vorbei an den roten Oleandersträuchern und dann den etwas steinigen Weg entlang, der hinunter zur kleinen Sandbucht führte. Hierhin zog sie sich gerne zurück, sie liebte diesen wunderschönen Ort. Die kleine Bucht war durch die an beiden Seiten emporragenden Felswände vor Wind und starken Wellen geschützt. Nur wer den versteckten Weg dorthin kannte, konnte sich dorthin verirren. Touristen sah man somit hier überhaupt nicht. Carina setzte sich in den warmen, weichen Sand und ließ diesen verträumt durch ihre Finger rieseln. Ihre Gedanken gingen zu Jasmin. Sollte sie

sie vielleicht doch anrufen? Sollte sie Jasmin nach dem kleinen Mädchen fragen? Nein! Sie zwang sich, an etwas anderes zu denken, als sie plötzlich einen Schatten vor sich sah. Sie hob ihren Kopf und sah den sehr gut gebauten, braungebrannten Körper eines jungen Mannes, der sie mit seinen strahlend weißen Zähnen anlächelte.

„Haben Sie sich verirrt?", fragte er und setzte sich neben sie.

„So ungefähr. Ich bin von unserer Luxusjacht gefallen und hier angespült worden."

„Oh, für dieses Abenteuer sehen Sie aber noch sehr gut aus", lachte der Fremde. „Darf ich mich vorstellen, ich heiße Mario Miralles." Er reichte ihr die Hand.

„Ich heiße Carina Martens, hallo."

„Carina? Sind Sie die Tochter von Isabella und Paul Schober?"

„Ja, woher wissen Sie?" Carina schaute ihn fragend an.

„Ich bin der einzige Nachbar hier oben mit dem kleinen, damals noch verfallenen Häuschen, welches man durch die vielen Palmen von der Straße aus kaum sieht."

Carina erinnerte sich an das Häuschen. Sie hatte es bei ihrem letzten Besuch hier entdeckt, als sie ein wenig spazieren gegangen war. Es war wirklich mehr eine Ruine als ein Häuschen und die Klappläden waren damals alle geschlossen gewesen. Sie wollte ihren Vater eigentlich nach den Nachbarn fragen, hatte es aber dann vergessen.

„Ich habe es letztes Jahr gekauft, im Januar anfangen lassen zu renovieren und im März bin ich dann eingezogen. Ihr Vater ist wie ich leidenschaftlicher Schachspieler und so sitzen wir öfter zu einer Partie zusammen. Dabei hat er Sie einmal erwähnt."

„Mir gegenüber hat er Sie nie erwähnt", stellte Carina fest, schmunzelte aber dabei. „Den Schachpartien nach wohnen Sie wohl immer hier?"

„Ja, ich bin Maler und habe mir hier mein Atelier eingerichtet. Hier kann ich die Ruhe genießen und meiner Kreativität freien Lauf lassen. Interessiert Sie die Malerei?"

„Oh ja, ich male auch sehr gerne, bin nur in der letzten Zeit nicht mehr dazu gekommen. Darf ich Ihnen mal zuschauen beim Malen?"

Mario lächelte sie an. „Selbstverständlich. Sie müssen nur rüberkommen."

„Ich nehme Ihr Angebot sehr gerne an. Wann passt es Ihnen und Ihrer Frau denn am besten?"

„Meiner Frau?" Mario lachte. „Ich habe keine Frau. Im Moment bin ich solo. Erst vor einem halben Jahr haben mein Freund und ich uns getrennt und das habe ich bis heute noch nicht ganz verarbeitet."

Carina schaute im ersten Augenblick irritiert, fing dann aber herzlich an zu lachen.

„Was gibt es denn da zu lachen?", fragte Mario leicht grimmig.

„Entschuldigen Sie bitte, ich lache nicht über Sie. Aber meine Kollegin sagte mal: Fast alle gutaussehenden Männer sind schwul! Und ich stelle fest, sie hatte wieder mal recht."

„Haben Sie ein Problem mit Männern, die homosexuell veranlagt sind?", fragte Mario.

„Nein, ganz und gar nicht!", antwortete Carina und konnte ein breites Grinsen nicht verbergen. „Wenn er wüsste", dachte sie bei sich. „Mario, wollen wir das „Sie" nicht weglassen und zum „Du" wechseln?"

„Gerne. Was hältst du denn davon, unsere neue Bekanntschaft mit einem Orangensaft zu begießen?"

„Stimme dem Angebot zu!" Carina schmunzelte.

Sie schlenderten zurück über den steinigen Weg zu Pablos kleinem Häuschen. Von der Straße aus war es wirklich nicht zu sehen. Umso überraschter war Carina, als sie die nun renovierte Finca vor sich sah. Das Häuschen hatte einen neuen, strahlend weißen Außenputz bekommen. Die alten Klappläden waren restauriert worden und hoben sich nun in einem wunderschönen Blau von der weißen Fassade ab. Der damals noch verwilderte Garten war nun in einem sehr gepflegten Zustand. Überall waren kleine Blumenbeete angelegt worden und mittendrin befand sich ein Teich mit plätscherndem Wasser.

Mario führte sie in den Innenbereich. Das Häuschen hatte zwei Etagen und der gesamte Wohnbereich war in offener Bauweise gestaltet. Die Wände waren zum Teil mit Natursteinen versetzt.

Die rustikale Küche war in das großzügige Wohn-Esszimmer integriert. Die Möbel waren in sehr hellem Eschenholz mit weißen Stoffbezügen. Überall hingen oder standen kleinere Andenken, die den Räumen viel Persönlichkeit verliehen. Das Atelier war im oberen Bereich und von unten aus konnte man überall die farbenfrohen Bilder bewundern. Ein großer, in Natursteinen gesetzter offener Kamin gab allem noch das gewisse Etwas. Eine Wand war mit einer Schiebetür total verglast und so konnte man auch von innen den herrlichen Ausblick auf den wunderschönen Garten mit Pool genießen.

„Wow, das ist ja unglaublich, was man aus so einem Häuschen alles machen kann", sagte Carina staunend, als sie sich umsah.

„Ja, da hast du recht. Timmy, mein damaliger Freund, ist Architekt und er hatte die gesamte Umbauplanung übernommen und durchgeführt. Nachdem alles fertig war und der Umzug überstanden war, beendete er dann leider unsere Beziehung."

„Wie lange wart ihr denn zusammen?"

„Ganze 4 Jahre. Ein Bekannter hatte ihn damals zu meiner Party, meiner Geburtstagsfeier, mitgebracht. Da hat es zwischen uns gleich gefunkt und von da an waren wir ein Paar."

„Darf ich dich fragen, warum er sich getrennt hat?"

„Er hatte ein Problem damit, zu seinen Gefühlen, aber vor allem zu seiner Veranlagung zu stehen. Diesen gesellschaftlichen Druck hielt er nicht mehr aus."

Sie saßen zusammen auf der großen Terrasse und tranken gekühlten Orangensaft. Die weiß geflochtenen Gartenmöbel gaben dem Ganzen einen luxuriösen Charme und Carina fühlte sich hier sehr wohl.

„Weißt du, wir haben viel telefoniert in den letzten Wochen und er will nächste Woche mal kommen, einfach mal so zu Besuch. Ich freue mich wahnsinnig."

„Du liebst ihn noch immer, stimmt's?"

„Ja, sehr sogar", sagte Mario leise.

„Ich wünsche euch sehr, dass ihr wieder zusammenkommt", sagte Carina, „und ich meine das wirklich ehrlich."

„Das ist lieb von dir. Sag mal, wann ist es denn bei dir so weit mit dem kleinen Nachwuchs?"

„Ja, wenn alles richtig berechnet wurde, in vier Wochen."

„Das heißt, du bringst dein Kind hier zur Welt?"

„Ja, sehr wahrscheinlich."

Beide saßen sie da, in ihre Gedanken vertieft, bis Mario die Stille unterbrach.

„Sag mal, Carina, du bist vor irgendwas weggelaufen, stimmt's?"

„Sieht man mir das an?" Carina lächelte.

„Nein", sagte Mario ebenfalls lächelnd, „aber vier Wochen vor einer Geburt besteigt man nicht einfach nur mal so ein Flugzeug. Da liegen tiefere Gründe vor. Wenn du mal reden möchtest, kannst du immer zu mir kommen."

„Danke, Mario, das ist sehr nett. So, jetzt muss ich aber mal wieder rüber, meine Mutter wird sich schon Sorgen machen."

„Kannst jederzeit wiederkommen, Carina."

„Das werde ich auch tun!" Carina lachte und gab Mario zum Abschied noch ein Küsschen auf die Wange.

„Ja Kind, wo bist du denn so lange gewesen?", fragte ihre Mutter besorgt.

Ihre Eltern saßen auf der Terrasse. Ihr Vater hatte sich gerade eine Pfeife angesteckt und ihre Mutter schälte Äpfel für einen Kuchen.

„Ich habe unseren Nachbarn kennengelernt und mit ihm einen Saft getrunken. Warum habt ihr mir nie von ihm erzählt?"

„Du meinst Mario?", fragte ihr Vater, ohne seine Pfeife aus dem Mund zu nehmen. „Das war keine Absicht, aber ich fand es nicht sonderlich wichtig, dir von ihm zu erzählen. Findest du ihn nett?"

„Ja, er ist sehr nett, zuvorkommend, höflich, gutaussehend und – er mag nur Männer."

Carinas Vater lachte laut und herzlich. „Ihr habt ja schon sehr viele Informationen ausgetauscht. Aber es stimmt, er ist wirklich ein sehr sympathischer, junger Mann und er spielt hervorragend

Schach. Zwar nicht so gut wie ich, aber er wird immer besser."

„Kennst du seinen Freund, ich meine den, der sich von ihm getrennt hat?"

„Ja. Sie haben sich beide nach dem Umzug bei uns vorgestellt und wir vier hatten damals einen wirklich lustigen Abend zusammen. Obwohl, ich will ehrlich sein, es hatte ein paar Tage gedauert hat, bis wir uns mit dem Gedanken anfreunden konnten, dass wir als Nachbarn zwei sich liebende Männer haben."

„Ja Papa, so ist das Leben nun mal. Man muss auch mal Dinge akzeptieren und respektieren können, die nicht unbedingt mit der eigenen Anschauung übereinstimmen."

„Das denke ich haben wir auch lernen können. Es ist uns ehrlich gesagt auch nicht sonderlich schwer gefallen, da Timmy genauso nett und sympathisch ist wie Mario und mir tat es sehr leid, als Mario mir ein paar Wochen später von der Trennung erzählte."

„Na ja, Enttäuschungen sind wohl modern heute." Carina schenkte sich ein Glas Wasser ein und trank es in einem Zug aus.

„Es geht mich zwar nichts an, Carina, aber hast du mit Jasmin eigentlich mal über den Besuch ihrer Verlobten gesprochen?"

„Nein, warum auch? Warum sollte diese Frau lügen? Für mich steht fest, ich stelle mich nicht zwischen zwei Personen."

„Man muss im Leben immer beide Seiten hören. Rufe sie an und rede mit ihr. Man fällt keine Entscheidung, bevor man nicht die Wahrheit kennt!"

„Das sind mal wieder die weisen Worte eines Richters", antwortete Carina kühl. Sie wusste, dass ihr Vater es nur gut meinte. Er war bis zu seinem Ruhestand Richter gewesen und die Wahrheit zu finden und dann gerechte Entscheidungen zu fällen gehörte nun mal zu seinem Tagesablauf.

„Entschuldigung Papa, ich weiß, dass du es gut meinst. Aber ich..."

„Kein Aber, Carina!", unterbrach er sie. „Rede mit ihr und quäle dich nicht unnötig. Meinst du, ich sehe das nicht, wie sehr du sie liebst und wie sehr dir das alles weh tut?"

Ihr Herz krampfte sich zusammen. Ja, sie liebte Jasmin, sie liebte sie sogar so sehr, wie sie noch nie einen Menschen zuvor geliebt hatte. Aber das kranke Mädchen ging vor. Das Schicksal wollte es nun einmal so.

Kapitel 13

Fast zwei Wochen war sie nun schon hier bei ihren Eltern. Täglich besuchte sie Mario in seinem Atelier und er brachte ihr immer wieder neue Techniken der Malerei bei. Sie sprachen sehr viel zusammen, über die Vergangenheit, die Gegenwart, aber auch über die Zukunft, über ihre Wünsche, ihre Sehnsüchte und ihre Ziele. Bei ihm konnte Carina sich gefühlsmäßig gehen lassen. Hier konnte sie lachen und albern sein, wenn ihr danach zumute war, hier konnte sie aber auch weinen, wenn sie das Bedürfnis danach hatte. Und genau das verstand Carina auch unter einer richtigen Freundschaft. Gefühle leben lassen, ohne irgendwelche Rücksichten. Auch Mario fühlte sich sehr wohl, wenn Carina bei ihm war. Zwischen ihnen entstand innerhalb dieser beiden Wochen eine wunderschöne, vertrauliche Freundschaft. Es war eine Freundschaft, in der es zwar um Gefühle ging, aber nicht um Beziehungsgefühle zwischen den beiden.

„Du solltest den Pinsel etwas mehr aufdrücken, dann kommen die Strukturen besser heraus. Schau, ich zeig's dir."

Carina stand vor der großen Leinwand, in der rechten Hand den Pinsel, in der linken die Farbpalette. Ihr übergroßer, weißer Kittel war überall mit Farbklecksen versehen, welche sich aber auch noch in ihrem hübschen, sonnengebräunten Gesicht wiederfanden.

„Eigentlich war die Farbe für das Bild gedacht und nicht

zur Verschönerung deiner Nase", sagte Mario lachend, als sich Carina zu ihm umdrehte. Mario nahm ein Tuch und rieb vorsichtig die Farbe von ihrer Nasenspitze, als sie eine Stimme von unten hörten.

„Hallo, ist jemand da?"

Mario schaute vom Atelier hinunter zum Eingangsbereich. „Nein, ich glaub es nicht!", rief Mario und eilte die Treppe hinunter.

Carina blieb indessen oben am Geländer stehen und schaute nach unten. Sie sah dort einen großgewachsenen, jungen Mann stehen, mit kurzen, dunkelblonden Haaren, verwaschenen Jeans und darüber ein lässiges, dunkelblaues T-Shirt. Sie sah, wie Mario diesen Mann umarmte und ihn zur Begrüßung küsste. Das ist also Timmy, dachte Carina mit einem Lächeln, als Mario ihr schon zurief, dass sie doch runterkommen möge.

„Schön, dass ich Sie nun auch mal persönlich kennenlerne, Mario hat schon so viel von Ihnen erzählt." Carina reichte ihm die Hand.

„Ich hoffe nur Gutes!", erwiderte der Besucher lachend. „Übrigens, ich heiße Timmy, und Sie?"

„Ich heiße Carina. Das „Sie" sollten wir weglassen, einverstanden?"

„Einverstanden!"

„So ihr beiden, jetzt werde ich euch etwas alleine lassen. Meine

Mum hat sicher das Mittagessen schon fertig."

Genau so war es auch, als Carina ein paar Minuten später die Küche betrat, fand sie ihre Mutter in voller Kochaktion vor.

„Ach Schätzchen, du kommst gerade richtig, Essen ist in einer Viertelstunde fertig. Übrigens, Fabienne hat angerufen, du möchtest bitte zurückrufen."

„Na, dann werde ich das gleich mal tun. Darf ich euer Telefon benutzen, ich habe mein Handy in Deutschland vergessen."

„Na klar, geh ruhig rüber in Papas Büro."

Carina betrat das kleine Räumchen, welches voll war mit Büchern. Ihr Vater konnte sich davon beim Umzug nicht trennen und so entstand die Idee dieser kleinen Bibliothek.

Carina setzte sich in den bequemen Sessel und wählte die ihr bekannte Nummer.

„Hallo Fabienne, hier ist Carina. Wie geht es Ihnen?"

„Danke, gut, Carina. Ich hoffe Ihnen und dem Baby auch."

„Bei uns ist alles in Ordnung. Noch rührt sich nichts, aber wir haben ja auch noch zwei Wochen Zeit. Was gibt es Neues?"

Zuerst fragte Fabienne einige geschäftliche Dinge.

„Ist es in Ordnung, dass ich in Ihrer Abwesenheit für Ihre Kollegin Leonie einige Arbeiten tippe? Die Sekretärin von ihr ist schwer erkrankt."

„Fabienne, was für eine Frage. Selbstverständlich ist das in

Ordnung. Gibt es sonst noch etwas?"

„Na ja, Frau Berger möchte Sie natürlich unbedingt sprechen. Ich kann schon nicht mehr zählen, wie oft sie mich schon gebeten hat, ihr Ihre Nummer zu geben. Wollen Sie nicht mal mit ihr reden, Carina?"

„Es hätte keinen Sinn, Fabienne."

„Carina, hat Ihre überstürzte Abreise mit dem Besuch dieser elegant gekleideten Dame zu tun?"

„Ja, Fabienne. Die Dame war Maureen Gabler und ist Jasmins Verlobte. Ich habe Dinge erfahren, die es nicht möglich machen, die Beziehung mit ihr fortzuführen. So, und nun muss ich Schluss machen. Bis bald."

Carina legte den Hörer auf und streichelte über ihren Bauch. Jetzt nur nicht sentimental werden, dachte sie, die Zeit lässt alles vergessen, die Zeit heilt alle Wunden, das war schon immer so und das wird auch immer so bleiben. Sie ging hinaus auf die Terrasse und setzte sich zu ihrem Vater an den Tisch. Seit diesem letzten Gespräch hatten sie über Jasmin kein Wort mehr gesprochen. Seitdem herrschte eine gewisse Spannung zwischen ihr und ihrem Vater.

„Darf ich heute Mittag mal deinen Wagen nehmen, Pa? Ich würde gerne mal nach San José fahren. Dort soll ein Flohmarkt sein, den würde ich mir gerne mal anschauen. Vielleicht finde ich ja noch etwas für meine Wohnung."

„Ich habe nichts dagegen, aber die Straßen dahin sind nicht sehr gut ausgebaut."

„Sind ja nur einige Kilometer bis dort und ich fahre schon vorsichtig."

„Na ja, meinetwegen."

Nach dem Essen machte sich Carina auf den Weg. Sie freute sich auf den Flohmarkt, denn sie liebte es, in alten Sachen zu wühlen, und oft genug hatte sie bei solchen Märkten schon ein Schnäppchen gemacht.

Vater hatte recht, dachte sie, die Straße war wirklich schlecht ausgebaut und Carina musste sich in der Berglandschaft sehr konzentrieren. Ca. 1 km vor San José bemerkte Carina die rot umrandeten Schilder mit einer spanischen Aufschrift, welche sie aber nicht verstand. Werden wohl Hinweise auf die schlecht ausgebauten Straßen sein, dachte sie.

Nach einer Stunde stand sie mitten auf dem Markt und war total begeistert von den vielen Ständen. Sie fand eine kleine Schmuckdose, die beim Öffnen eine Melodie spielte, und ein wunderschönes Bild mit einem Schutzengel, der gerade aus den Wolken herausschaute.

„Es un bueno cuadro", sagte die ältere Dame hinter dem Tisch und strich über das Bild.

Ja, es ist wirklich ein sehr schönes Bild, dachte Carina und lächelte.

„Es dir und Baby immer beschutzen, du immer werden Glück haben! Trotzdem etwas vorsichtig sein", sprach nun die Dame in gebrochenem Deutsch und streichelte Carinas Hände .

Carina fuhr es kalt den Rücken hinunter. Die ältere Dame hatte so etwas Geheimnisvolles in den Augen, das Carina nun doch ein bisschen Angst machte. Nachdem sie alle Stände gesehen hatte, begab sie sich wieder auf den Heimweg. Sie musste sich beeilen, da sie ihren Eltern versprochen hatte, pünktlich um 18.00 Uhr wieder da zu sein. Vater hatte Gäste zum Essen eingeladen und sie vermutete, dass es Mario und Timmy sein würden.

Es hatte leicht geregnet, die Straßen waren schmierig, was bedeutete, dass sie sich noch mehr als vorhin konzentrieren musste. Carina hatte den kleinen Ort in den Bergen bereits verlassen und fuhr nun ganz langsam die kurvige Straße entlang. Plötzlich hörte sie einen lauten Knall. Sie hatte das Gefühl, als habe sie direkt daneben gestanden, so laut war er.

„Hörte sich gerade an wie eine Explosion!", sagte sie zu sich selbst.

In ängstlichen Situationen sprach sie immer laut zu sich selbst, das beruhigte sie irgendwie.

„Menschenskind, die Schilder. Das waren Warnungen, die sprengen die Felsen hier!"

Carina erkannte sehr schnell, in welcher Gefahr sie war. Sie stoppte das Auto und drückte voller Kraft auf die Hupe. Doch schon hörte sie die nächste Explosion und sah vor sich die ersten

Felsbrocken herunterkommen.

„Oh lieber Gott, bitte nicht!" Carina schloss ihre Augen und umklammerte das Lenkrad.

Kapitel 14

„Darling, es hat geklingelt. Öffnest du die Tür, bitte!", rief Carinas Mutter ihrem Mann laut zu.

„Bin schon unterwegs."

Paul Schober legte seine Pfeife in den Aschenbecher und schritt zur Eingangstür.

„Einen schönen guten Abend, Herr Schober, ich bin so schnell gekommen wie möglich."

„Guten Abend Jasmin, kommen Sie herein. Carina ist allerdings noch nicht da, sie wird aber sicher jeden Moment kommen."

„Hallo Jasmin, das ist aber schön, dass Sie schon da sind", begrüßte sie auch Isabella Schober. „Oh, mein Braten, ich muss in die Küche!" Schon war sie wieder in ihrem Lieblingsraum verschwunden.

Paul Schober setzte sich mit Jasmin hinaus auf die Terrasse und kam auch gleich zum Thema.

„Normalerweise mische ich mich nicht in Privatangelegenheiten von anderen Leuten ein", Paul Schober schaute sehr ernst, „aber ich kann Carina nicht mehr leiden sehen. Ich weiß nicht, warum sie sich einem Gespräch dauernd entzieht, aber bitte, Jasmin, klären Sie, was zu klären ist!"

„Ich bin dankbar, dass Sie mich angerufen haben. Ich hätte

sonst keine Möglichkeit gehabt, mir ihr zu reden. Aber es gibt normalerweise nichts zu klären. Ich liebe Ihre Tochter, ohne Einschränkungen."

„Ich weiß, dass Sie Carina lieben. Das hab ich bei der Feier schon gemerkt." Carinas Vater schmunzelte nun ein wenig. „Dennoch ist da der Besuch Ihrer Verlobten und diesen Gesprächsinhalt müssen Sie richtigstellen."

„Ja, das werde ich. Ich hatte Ihnen ja bereits am Telefon schon alles erklärt und Carina werde ich es natürlich auch erklären."

Carinas Mutter kam mit einem Tablett in der Hand auf die Terrasse und deckte den Tisch ein.

„Sag mal Darling, wollte Carina nicht um 6 Uhr da sein? Es ist schon kurz nach 7."

„Ich verstehe das auch nicht", sagte Paul Schober stirnrunzelnd. „Das passt so gar nicht zu ihr. Sie hätte längst schon angerufen und gesagt, wenn es später werden würde. Wir warten mal noch eine halbe Stunde."

Nach 20 Minuten hielt es Carinas Vater nicht mehr aus. Er ging in sein Büro, um mit der Polizei zu telefonieren. Jasmin spürte seine Unruhe und folgte ihm. Paul Schober stellte den Apparat auf Mithören, sodass Jasmin auch gleich informiert war.

„Ola Javier, ich bin's, Paul. Eine Frage, hast du eine Unfallmeldung erhalten in den letzten 4 Stunden?"

„Nein, wir hatten keinen Unfall hier. Warum, was ist passiert?", fragte Javier in perfektem Deutsch.

Javier war der Polizeichef des kleinen Örtchens und seit dem Umzug von Paul und Isabella mit beiden sehr gut befreundet.

„Meine Tochter Carina ist heute Mittag zum Markt nach San José gefahren. Sie wollte bis 18.00 Uhr zurück sein, ist aber bis jetzt weder hier angekommen noch hat sie sich bei uns gemeldet."

„Sagtest du eben San José?"

„Ja, warum, was ist dort?"

„Hm, so weit ich weiß, waren für heute Mittag auf dieser Zufahrtstraße Felssprengungen angesagt."

Paul Schober wurde kreidebleich. Er wusste, was dies zu bedeuten hatte.

„Um Gottes willen. Javier, wir müssen diese Strecke abfahren, ich komme gleich runter zu dir!" Paul Schober legte den Hörer auf und atmete einmal tief ein und aus.

„Jasmin, komm, Carina befindet sich eventuell in großer Gefahr."

Paul Schober schilderte seiner Frau kurz das Telefonat und ging dann mit Jasmin hinaus.

„Oh Mist, jetzt haben wir ja gar kein Auto." Er überlegte kurz. „Mario! Mario muss uns mal sein Auto leihen."

Mario und Timmy waren von der geschilderten Situation sichtlich geschockt. Es war gar keine Frage, dass sie ihr Auto sofort zur Verfügung stellten.

„Mario, sei so lieb, kümmere dich ein wenig um meine Frau, ja?" Paul klopfte Mario kurz auf die Schulter, stieg dann ein und fuhr mit Jasmin zusammen in den Ort hinunter.

Vor dem kleinen Polizeirevier standen neben Javier auch schon Dr. Aresco und ein paar weitere Helfer, die auf die beiden warteten. Wenn es ums Helfen ging, war hier sofort jedermann zur Stelle. Das hatte Paul schon einige Male erlebt. Javier und Paul sprachen noch kurz über die Fahrtstrecke und schon setzte sich der kleine Konvoi in Bewegung. Die Dunkelheit setzte bereits ein. Jasmin kam die Fahrt vor wie eine Ewigkeit. Sie hatte auf einmal so große Angst, dass der Frau, die sie so liebte, etwas passiert sein könnte. Ihr gingen wieder die Bilder der letzten Wochen durch den Kopf und sie wusste, dass sie diese Frau niemals mehr alleine lassen würde.

Carina wusste, dass sie aus ihrem Auto rausmusste. Es wäre viel zu gefährlich, wenn sie hier im Auto sitzen bliebe. Sie wartete noch einen Augenblick, bis sie das Gefühl hatte, dass die Sprengung einen Moment pausierte. Sie öffnete die Tür und eilte zu dem kleinen Felsvorsprung, den sie vom Auto aus schon gesehen hatte. Hinter diesem Felsvorsprung bot ihr eine kleine Höhle Schutz. Carina verzog sich bis in die letzte Ecke und saß da, zitternd und frierend. Carina fing an, sich selbst Vorwürfe zu machen. Warum musste ich auch hier hoch in die Berge fahren und das noch alleine? Warum habe ich mich nicht einfach auf den Liegestuhl gelegt und die Sonne genossen? Und dann fielen ihr die Worte von dieser alten Frau wieder ein. Was meinte sie damit, ich solle vorsichtig sein? Eigentlich glaubte Carina nicht an Hellseherei oder Wahrsagerei, aber in solch einer Gefahrensituation, in der sie sich gerade befand, glaubte man vieles. Als ob es Gedankenübertragung gewesen wäre, hörte Carina plötzlich eine Stimme.

„Hallo, wo sind Sie denn?"

Erst als sie die Frage zum zweiten Mal hörte, erkannte sie die Stimme der alten Frau. War das schon wieder ein Zufall? Aber im Moment war ihr das ziemlich egal, sie wollte nur raus hier, raus aus der Gefahr.

„Hier bin ich!", rief Carina so laut sie nur konnte und hörte im gleichen Augenblick den nächsten Felsen herunterkrachen.

„Kommen mit Mädchen, wir mussen hier raus, das zu gefährlich sein!" Die alte Frau aus dem Dorf nahm Carina an der Hand und führte sie aus der Höhle. Sie war zu Fuß in die Berge hinaufgekommen. Hatte sie eine Vorahnung von dem gehabt, was sich hier abspielte? Es wurde ein langer Fußmarsch. Carina hielt zwar tapfer durch, aber sie merkte, dass diese Strapazen nicht gerade förderlich für ihren Zustand waren.

„Schau, da mein Haus ist", sagte die alte Frau, nachdem sie fast eine Stunde gelaufen waren.

Es war ein kleines Häuschen mit einer Küche, einer Toilette, einem kleinen Bad und einem Schlafzimmer. Alles war sehr spärlich eingerichtet, aber Carina war froh, nun endlich in Sicherheit zu sein. Die alte Frau kochte einen Tee, brachte eine Decke und kümmerte sich um Carina, als ob sie ihre eigene Tochter wäre. Carina fragte sich, ob es so eine Hilfsbereitschaft auch in Deutschland gäbe. Ohne Fragen, ohne Ermahnungen, einfach nur so. Sie überlegte hin und her, fand aber keine Antwort auf ihre Fragen.

Gerade als sie den ersten Schluck aus ihrer Tasse nahm, durchzuckte sie ein stechender Schmerz im Unterleib. Sie schrie auf und hielt sich krampfhaft ihren Bauch.

„Wann soweit sein mit dem Baby?", fragte die alte Frau besorgt, aber dennoch sehr ruhig.

„Ich glaube, es geht los", erwiderte Carina und hatte nun die ersten Tränen in den Augen. So hatte sie sich die Geburt nicht vorgestellt. Aber was in ihrem Leben lief auch schon normal?

„Komm, das wir schaffen! Ich schon fünf Kinder auf Welt gebringt." Die alte Frau streichelte Carina über den Kopf und nickte ihr aufmunternd zu.

Da fiel Carina auf, dass die alte Frau noch nicht einmal gefragt hatte, wie sie hieß.

„Ich heiße übrigens Carina."

Die alte Frau lächelte ihr nur zu und ging zum Herd, um Wasser zu kochen.

Carina überlegte, wer sie wohl war. Ihre Gedanken konnte Carina allerdings nicht weiter verfolgen, denn die Schmerzen wurden nun unerträglich.

„Wie heißt du eigentlich?", fragte Carina zwischen zwei Wehen.

„Romina", hörte sie die kurze Antwort.

Nun war die Zeit für Smalltalk vorbei. Die Wehen kamen bereits jede Minute und Carina hatte genügend damit zu tun, ihre Atmung zu kontrollieren. Gott sei Dank habe ich noch den Geburtsvorbereitungskurs besucht, dachte sie bei sich, während sie tief ein- und ausatmete. Romina hatte das große Bett mit Tüchern abgedeckt und schob ihr nun ein Kissen unter den Rücken.

„Das dir wird guttun, deine Becken wird durch Kissen viel entlasten etwas." Romina tupfte mit einem Tuch die Schweißperlen von ihrer Stirn. „Jetzt nicht mehr lange dauern kann, deine Muttermund ist sehr geöffnet weit."

Carina kam die ganze Prozedur vor wie eine Ewigkeit. Wie gerne hätte sie Jasmin bei der Geburt ihres Kindes dabei gehabt. Aber es sollte nicht sein, das Schicksal wollte es wohl anders. Aber ich werde es auch alleine schaffen, so wie ich schon vieles alleine geschafft habe, dachte sie bei sich.

„Ja, Carina, komm, otra vez. Noch pressen einmal, ja, ich schon sehe der Köpfchen."

Ein langer Schrei begleitete das Herauskommen des

Neugeborenen.

Nun ging alles sehr schnell. Romina trennte die Nabelschnur durch, säuberte den kleinen Winzling und wickelte ihn in eine warme Decke ein. Dann legte sie das Bündel in Carinas Arme .

„Herzlichen Glückwunsch zu der pequeno Senorita", sagte Romina und ihr selbst lief eine kleine Träne die Wange hinunter.

„Herzlich willkommen auf dieser Welt, meine kleine Cariña." Carina konnte nun ihre Tränen nicht mehr zurückhalten. Es brach alles aus ihr heraus, was sich in den letzten Wochen angestaut hatte.

Romina nahm sie tröstend in den Arm. „Es alles gut werden, du werden schon sehen."

Kapitel 15

Der Konvoi fuhr langsam die schmale Straße hinauf. Plötzlich stoppte das erste Auto, in dem Javier und Dr. Aresco saßen.

„Schau, da, die ersten Warnschilder der Sprengung", hörte er Paul sagen, der damit nun die Ruhe unterbrach.

Die Straße war durch herumliegende Felsbrocken blockiert und die Autos kamen so nicht hindurch. Schnell und gekonnt räumten die mitfahrenden Männer die Felsbrocken zur Seite, sodass sie weiterfahren konnten. Es dauerte noch eine ganze Weile, bis Jasmin auf einmal die Hupe von Manolos Auto hörte.

„Da vorne steht dein Jeep, Paul!", rief Javier ihnen zu.

Die Männer rannten, so schnell es ihnen möglich war. Die herumliegenden Felsen allerdings erschwerten ihnen sehr den Weg dorthin.

„Vorsicht, Männer, da lösen sich noch immer Felsbrocken!" Javier schrie die Warnung, so laut er konnte.

„Au, Scheiße!" Jasmin rutschte beim Ausweichen auf dem schmierigen Boden aus. Ihr Fuß schmerzte. Mit letzter Kraft zog sie sich ein paar Meter nach hinten unter den kleinen schützenden Felsvorsprung. Na, das fehlt mir jetzt gerade noch, ein verknackster Haxen. Javier war als Erster bei dem Jeep.

„Das Auto hat einiges abbekommen, die Motorhaube ist total kaputt."

Er öffnete die Fahrertür. „Es ist niemand im Auto. Aber hier ist eine Nachricht. Sie ist bei Romina, oben in San Rafael."

Es dauerte keine halbe Stunde, bis sie in dem kleinen Örtchen angekommen waren. Romina war Dr. Aresco bekannt und so wusste er sofort, wo sie hinmussten. Romina begrüßte ihn, wie man einen alten Freund begrüßt, und führte ihn sofort zu Carina. Jasmin lief in der kleinen Küche auf und ab. Dr. Aresco hatte sie gebeten, draußen zu warten, bis er alle Untersuchungen abgeschlossen hatte.

„Jasmin, Sie können jetzt kurz reinkommen! Aber bitte nicht so lange und keine Aufregung." Dr. Aresco schaute sehr ernst, was Jasmin etwas erschaudern ließ.

„Was ist mit ihr, Dr. Aresco?"

„Sie hat eine leichte Platzwunde am Kopf, wahrscheinlich wurde sie von einem Stein getroffen. Ansonsten sind aber beide, also Mutter und Kind, in Ordnung. Sie ist noch sehr mitgenommen, deshalb werde ich sie heute Nacht zur Beobachtung in meiner Praxis behalten. Aber morgen kann sie wieder nach Hause."

Jasmin betrat das kleine Zimmer. Es brannte nur die Nachttischlampe. Carina lag auf dem Sofa, ihre Bräune kehrte so allmählich wieder zurück.

„Jasmin, du hier?" Carina sprach sehr leise.

„Ja, mein Kleine, ich bin hier. Du hast mir einen ganz schönen Schrecken eingejagt."

Carina lächelte erschöpft.

„Wie geht es dir und der kleinen Senorita?"

„Danke, sehr gut, es ist alles in Ordnung."

Jasmin bekam feuchte Augen, als sie das kleine Wesen auf den Arm nahm.

„Carina, wir müssen miteinander reden. Bitte hör mir zu."

„Jasmin, da gibt es nichts mehr zu reden." Ihre Stimme wurde ganz leise. „Da ist ein Kind, das sehr krank ist und dich braucht, und ich nehme der Kleinen nicht irgendwelche Hoffnungen. Ich finde es nur so schade, dass du mir nie etwas davon erzählt hast."

„Bist du jetzt fertig? Darf ich auch mal etwas sagen?" Jasmin schaute sie sehr ernst an.

„Ich habe dir nie von einem Kind erzählt, weil es kein Kind in meinem Leben gibt."

„Aber das Bild ...!" ihr Blick war fragend.

„Die Frau die bei dir war, war Maureen, die Frau, mit der ich einige Jahre zusammengelebt hatte. Sie hat mich allerdings, schon bevor wir uns kennenlernten, wegen einer anderen verlassen. Das Bild was sie dir zeigte, dieses kleine Mädchen, ist ihr Patenkind, welches uns in den Ferien besucht hatte. Wir waren mit ihr in einem Tierpark, und da entstand auch diese Aufnahme. Das Mädchen ist kerngesund und munter. Die ganze Geschichte die sie dir erzählte, war ein große Lüge. Maureen und die andere Frau sind wieder auseinander und schon seit

Monaten probiert sie mich wieder zurückzugewinnen. Ich habe ihr aber schon einige Male gesagt, dass es keine Zukunft mehr gibt zwischen ihr und mir, weil ich eine andere Frau liebe. Das hat sie mir wohl sehr übel genommen und dir dann diese Geschichte vorgespielt. Ich liebe dich, Carina, und das wird sich auch nicht ändern."

Carina liefen die Tränen übers Gesicht.

„Ich Idiot! Ich habe dieser Frau geglaubt. Vor allem die Sache mit dem Kind und das tat so weh."

„Na ja, Maureen ist Schauspielerin und sie ist eine verdammt gute Schauspielerin. Das sie aber einen Part so gut spielen kann, dass sie damit fast zwei Menschen auseinanderbringt, das hätte ich niemals gedacht."

Jasmin nahm Carina zärtlich in den Arm und trocknete mit einem Taschentuch ihre Tränen, drehte ihr Gesicht langsam zu sich und küsste sie.

„Versprich mir bitte eines", bat Jasmin. „Egal was in Zukunft ist, sprich mit mir darüber und zwar gleich."

Carina nickte nur und setzte dann den angefangenen, zärtlichen Kuss leidenschaftlich fort.

Kapitel 16

Ein Jahr war mittlerweile seit den turbulenten Ereignissen vergangen. Carina und Jasmin hatten diese Zeit für intensive, ausführliche Gespräche und zärtliches Beisammensein genutzt. Ihre Beziehung wurde immer enger und intimer, nur zusammengezogen sind sie noch nicht.

Nun verbrachten sie, mit dem kleinen Nachwuchs, einen Kurzurlaub bei Carinas Eltern. Paul und Isabella Schober liebten ihre Rolle als Großeltern und waren mit ihrer Enkelin oft unterwegs. Egal was sie auch machten, ob beim Einkaufen, bei einen Strandspaziergang oder bei Besuch von Freunden, ihre Enkelin nahmen sie immer mit. So hatten Jasmin und Carina auch genügend Zeit für sich. Nach dem Frühstück machten sich die Großeltern Schober mit ihrer Enkelin auf zum Markt. Sie wollten am Abend alle grillen, Timmy und Mario kamen auch und dafür musste noch so einiges eingekauft werden. Jasmin und Carina entschieden sich für ein Sonnenbad.

Die Zeit bei Carinas Eltern empfanden die beiden wie ein Traum, wie ein Traum im Paradies. Über den mit einem gepflegten Rasen ausgestatteten Garten, konnte man die Böschung hinunter gehen und war direkt in diesem Paradies mit einem wunderschönen Sandstrand. Und was für ein Strand! Etwas zurückgelegen in einer kleinen Bucht, war er von einigen Klippen begrenzt. Auch hier standen, wie im Garten von Paul Schlüter, eine Reihe von

Palmen, die kühlenden Schatten spendeten. An der Seite war ein kleiner Platz, der so kaum wahrnehmbar und nur Eingeweihten zugänglich war. Das Wasser war, wie überall auf der Insel, hellblau, teilweise sogar türkis und unglaublich klar.

Jasmin und Carina tobten ausgelassen im ruhigen Meer. Sie genossen das unbekümmerte Leben bei Carinas Eltern. Sie jauchzten, schrien und spritzen sich gegenseitig nass, und als Außenstehender hätte man meinen können, dass sich hier große Kinder im Wasser vergnügten.

„Ich kann nicht mehr", rief Carina und rannte aus dem Wasser. „Fang mich, wenn du kannst!" rief sie, während sie zu ihrem geschützten Plätzchen rannte, wo bereits ein große Decke ausgebreitet war.

„Na warte, dich kriege ich", hörte sie Jasmin rufen. Aber so schnell war Jasmin nun auch nicht und ließ sich, wenig später, atemlos neben Carina auf die Decke fallen.

Jasmin legte sich auf die Seite, stützte ihren Kopf auf ihrer Hand ab und betrachtete ihre große Liebe. Carina spürte ihre Blicke und sie genoss es, wenn Jasmin sie mit ihren Augen auszog. Allerdings gab es nicht viel auszuziehen, sie hatte ja nur einen Bikini an.

Jasmin beugte sich herab und knabberte mal ganz zart an Carinas Ohrläppchen. Carina schloss lächelnd ihre Augen, legte sich auf den Rücken und streckte sich, als ob sie sich einen Meter länger machen wollte. Ihr Körper bekam so eine gewisse

Spannung und sie wusste, dass sie damit Jasmins Fantasien auf Hochtouren brachte. Und genau darauf hatte sie jetzt große Lust. Sie hatte Lust auf Zärtlichkeit, Begierde und Sex, und genau das wiederrum spürte Jasmin, als sie Carina so von oben bis unten anschaute. Mein Gott, dachte Jasmin, wie wunderschön sie doch ist. Ihr knackiger Körper, ihre festen Brüste, ihr süßer Po.

Carina begann mit ihrem Spiel. Sie liebte es Jasmin so zu verführen. Sie nahm ihre eigenen Brüste in die Hand, stöhnte leise und knetete sie genüsslich, bis sie ihre Brustwarzen durch den dünnen Bikinistoff spüren konnte. Jasmins Atem wurde schneller. Sie fand es sehr erregend zuzusehen, wie Carina sich selbst verwöhnte. Sie erinnerte sich noch zu gerne an die Nacht, nach der Einweihungsfeier, wo sie zusammen im Whirlpool waren.

Mit der einen Hand löste Carina nun ihr Oberteil, knetete weiter ihre Brüste und mit der anderen streichelte sie sich von außen über den Stoff ihres Bikinihöschens. Schon bei dieser leichten Berührung fühlte Carina, wie ihre Schamlippen feucht wurden. Die Feuchtigkeit konnte man auf dem Höschen bereits erkennen. Sie hatte ihre Augen noch immer geschlossen und drückte mit ihrem Mittelfinger durch den Stoff ihres Höschens leicht auf ihren Venushügel. Carina stöhnte leise auf. Sie schob ihr Bikinihöschen ein wenig zur Seite, so dass die glitzernden Schamlippen herausschauten. Sie spreizte ihre Beine und drückte mit ihren Fingern ihre Schamlippen etwas auseinander.

Carinas feucht glänzende Muschi lachte Jasmin an und so konnte sie sich nicht mehr zurückhalten. Dieser Anblick, der in der Sonne glänzenden Schamlippen wollte sie jetzt nicht mehr nur noch mit den Augen genießen. Jasmin hielt es nicht mehr aus. Sie stülpte ihren Mund über Carinas Spalte und begann mit einem wilden Zungenspiel diese voller Leidenschaft zu lecken. Carina stöhnte laut, legte ihre beiden Hände auf Jasmins Hinterkopf und drückte ihr Gesicht in ihre erregte Muschi. Genüsslich schmatzte sie an der feuchten Grotte und saugte zwischendurch immer wieder an Carinas kleinen Lustperle, die bereits weit aus ihrem Versteck hervor ragte. Carinas Atem ging nur noch stoßweise und Jasmin spürte, dass sie kurz vorm Orgasmus stand. Sie wollte das Gefühl aber etwas ausdehnen, deshalb unterbrach sie ihr Zungenspiel.

„Willst du jetzt meine Muschi etwas verwöhnen?"

„Oh ja, und ich glaube, ich weiß auch schon, was dir gut tun wird", grinste Carina.

Jasmin lachte und zog ihren Bikini aus. Währenddessen holte Carina aus ihrer Badetasche ein kleines Fläschchen mit Massageöl.

„Kleine Massage gefällig?" säuselte Carina, „dann bitte auf den Bauch legen!"

Jasmin legte sich auf den Bauch und entspannte sich. Carina kniete über ihren Oberschenkel und träufelte etwas Öl in ihre Hand. Sie begann das Öl zunächst auf Jasmins Schultern und Rücken einzumassieren. Sie verteilte noch einmal etwas Öl auf ihrer Hand und verrieb es schließlich auch über Jasmins wunderschönen, strammen Po. Carina rutschte etwas nach unten, spreizte Jasmins Beine und kniete sich dazwischen. Jasmins ebenfalls glatt rasierte Muschi lag nun direkt vor ihr. Carina ließ etwas Öl direkt aus der Flasche durch Jasmins Pospalte laufen, was Jasmin total erregte. Jasmin wollte viel mehr davon spüren und spreizte deshalb ihre Beine noch weiter, sodass das Öl nun auch noch in ihre rosarote Spalte hineinlaufen konnte. Jasmin hob ihr Becken weiter an, sie kniete fast und streckte Carina so ihren knackigen Po entgegen. Carina wusste genau, was Jasmin jetzt wollte, was sie jetzt erwartete. Jasmin sehnte sich danach jetzt Carinas Zunge zu spüren, zuerst zwischen ihren Pobacken, bis hinab zu ihren mittlerweile dunkel-roten Schamlippen. Jasmin lechzte danach dass Carina jetzt ihren Kitzler massierte, ihn zart mit ihren Fingern zwirbelte und an ihren Schamlippen saugte. Aber genau das machte Carina jetzt nicht. Carina griff in ihre Badetasche und holte einen kleinen, weißen Dildo heraus. Sie stellte ihn auf höchste Vibrationsstufe und ließ ihn zwischen Jasmins Schamlippen entlang gleiten, immer wieder von oben nach unten, berührte dabei wie zufällig den geschwollenen Kitzler. Dann schob sie das vibrierende Prachtstück ganz langsam in Jasmins nasse Muschi. Jasmin stöhnte laut, und massierte zusätzlich mit den Fingerspitzen ihrer rechten Hand ihre kleine Lustperle. Sie rubbelte über ihren Kitzler und stöhnte ihre Lust laut hinaus. Carina ließ nun den kleinen Dildo auch über ihre Lustperle wandern. Immer stärker drückte sie ihn auf ihren Kitzler. Die starke Vibration ließ plötzlich ein so starkes Zucken durch ihren Körper schießen, dass sie fast umgefallen wäre. Die erotischen, kreisenden Bewegungen von beiden gingen ineinander über. Ihre Körper waren nass vor Schweiß. Sie stöhnten beide auf, holten noch einmal Luft, bevor sie sich wild vor Lust beide einem tief greifenden Orgasmus hingaben. Als die Wellen der Lust allmählich abgeklungen waren, fielen sie beide erschöpft in den Sand. Sie brauchten anschließend keine Worte, sie sahen sich nur an und ihre Augen sprachen Bände. Während sie weiter schmusten, streichelten sie sich gegenseitig am ganzen Körper und lagen noch eine ganz Zeit lang eng umschlungen da. Jasmin lächelte und zeichnete zart die Konturen von Carinas Gesicht nach.

„Kleines, soll ich dir mal was verraten?", flüsterte Jasmin ihrer Carina ins Ohr. „Weißt du, du hast bei unserem ersten Date in deinem Büro die Tür zu meinem Herzen geöffnet, du bist die wahre Sonne in meinem Leben und du hast mich mit deiner Art wieder zum Lachen gebracht. Nur mit dir und unserer Kleinen möchte ich die schönsten Stunden meines Lebens verbringen. Ich liebe dich, wie ich noch nie eine Frau geliebt habe ... Möchtest du mich heiraten?"

Carina nahm ihr Gesicht in ihre Hände und küsste sie zart auf den Mund.

„Soll ich dir auch mal was verraten?", flüsterte sie. „Weißt du, ... du bist für mich wie ein Diamant, der glitzert und funkelt, es gibt niemanden, der süßer ist als du, und außerdem kann ich nicht einschlafen, wenn du nicht bei mir bist. Ich möchte, dass du die Hauptrolle in meinem weiteren Leben spielst, und deshalb kann meine Antwort auf deine Frage nur ein JA sein."

Was darauf folgte, war ein langer, zärtlicher Kuss und Jasmin stellte wiederum fest, wie sexy ihre zukünftige Frau doch war.

„Spüre ich da etwa wieder Lust aufkommen?", fragte Carina mit einem Lächeln auf den Lippen, als sie Jasmins Finger an ihrer schon wieder feuchten Lustgrotte spürte.

„Hm, ich glaube, wir müssen unsere Hochzeitsnacht schon mal vorziehen", erwiderte Jasmin und ihre Hände und Lippen gingen ein weiteres Mal auf Entdeckungstour.

Carina schloss die Augen, spreizte einladend ihre Schenkel und wünschte sich, dass diese Liebe und das Lustgefühl nie mehr aufhören mögen.